럭키와 베토벤이 사라진
권총의 바닷가

사이펀 현대시인선 16
럭키와 베토벤이 사라진 권총의 바닷가

© 2022 송진

초판인쇄 | 2022년 12월 20일
초판발행 | 2022년 12월 25일

지 은 이 | 송 진
기　　획 | 계간 사이펀
펴 낸 이 | 배재경
펴 낸 곳 | 도서출판 작가마을
등　　록 | 제 2002-000012호
주　　소 | 부산광역시 중구 대청로 141번길 15-1 대륙빌딩 301호
　　　　　　 T. 051)248-4145, 2598 F. 051)248-0723E. seepoet@hanmail.net

ISBN 979-11-5606-211-0　03810　정가 12,000원

※ 본 도서는 2022년 부산광역시,부산문화재단 '부산문화예술지원사업'으로 지원을 받았습니다.

사이펀 현대시인선 ⑯

럭키와 베토벤이 사라진
권총의 바닷가

송 진 시집

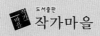
도서출판
작가마을

백오십여덟 개의 길고 긴 흰 천

지구의 그림자는 피투성이 보름달

2022년 12월

송 진

Ⅱ. 인간의 기술

Ⅳ. 유령접목지대

I. 미래의 몸

내 몸 안에는 저탄소 사과가 자란다

내 몸 안에는 거칠어지려는 나와 부드러워지려는 나가 있다 거칠산역 새벽에 가면 거칠어진 나가 도착해있다 왼손에는 길든 가죽가방을 들고 오른손은 저탄소 사과를 먹고 있다 새벽의 바다는 안개 속에 휘감겨있고 거칠산역 기차는 수평선을 거침없이 달린다 거칠어진 나의 손바닥에는 저탄소 사과의 앙상한 뼈다귀가 놓여있다 움켜쥐어도 한 방울의 즙조차 나오지 않는 말라비틀어진 저탄소 사과의 젖꼭지를 바다를 향해 던진다 투수가 된 거칠산역은 부드러운 나를 맞이할 준비가 되어있다 그런가 진정 그런가 그렇다 그렇다고 하자 부드러운 나가 두릅역에 내린다 연보랏빛 치렁치렁한 길고 긴 머리카락 위로 해수면이 높아진 봄을 이고 왔다 한 달 내내 내린 함박눈으로 사방은 백야처럼 잠들지 못하고 부드러운 나는 6.25mm 높아진 해수면으로 찰랑찰랑 봄옷을 지어 입은 해실해실 웃는 듯 우는 3도 화상 입은 뜨거운 봄을 데리고 왔다 지금은 실제 기후 상황이다 수척해진 북극곰이 빙하에 불어터진 외마디 비명을 질러댔다

혼령들

죽은 혼령들이 연주를 한다 검은 미사복을 입고 무릎을 꿇고 낡은 바이올린을 연주한다 옷장 속에 숨어 울던 어린 아이가 신부의 손에 이끌려나온다 신부는 아이의 눈물을 혀로 핥아준다 성부와 성자의…… 무화과나무와 포도나무의…… 시냇가의 나무를 심던 도끼는 어디 갔는가 검고 어두운 동굴에 예수는 오래 앉아있다 예수의 몸을 먹은 나는 예수의 피를 먹은 나는 해골이 되는 꿈을 꾸었다 두 명의 날개 없는 어린 천사가 건네준 부활절 달걀에 해골이 그려져 있었다 죽은 내가 가시 돋친 전기고문 의자 위에 나신으로 앉아있다 피가 흐르고 흘러 죽은 동생 부기의 얼굴을 홍수처럼 뒤덮었다 압록강에 잠긴 느릅나무는 죽으면 이름이 사라지는 자를 기억하고 있다 죽은 혼령들이 리코더를 분다 없는 무릎을 질질 끌며 마룻바닥 얼굴이 금세 환해졌다 금으로 된 무덤을 본 추위에 떨던 개들이 무덤 속으로 뛰어들었다고 금빛개가 되는 건 아니다는 걸 세상 사람들은 알고 죽은 나는 모른다

참회록 20

장폴 벨몽도가 2021년 9월 6일 죽었다 그의 네 멋대로 해라 추모 영화를 본다 900원에 볼 수 있는 추모작 딸은 이상하지 않나 죽은 사람이 영화 속에서 살아돌아다니면 한다 나는 영화를 본다 볼륨을 29까지 올리고 딸은 영화를 보지 않는다 죽은 자에 대한 비대면 중간고사를 치고 있다 설거지는 슬금슬금 바닥을 기웃거린다 버려야 할 마스크는 천장에 빼곡하다 마음대로 총으로 쏴 죽이고 마음대로 차와 돈을 빼앗고 마음대로 연애만은 되지 않는 미셸의 분장을 한 고인 주검 영화를 주섬주섬 주워 먹던 나는 왜 갑자기 두 손을 모으고 북쪽을 향해 참회 기도를 하는가 고인의 입안에 있던 참외 씨앗이 허공으로 터져 나온다 벨몽도가 말한다 나 잠시 살아날 게 놀라지마 쓰윽 먼지처럼 일어나더니 커다란 두 손으로 살아남은 자의 항문을 목화솜으로 틀어막는다 이제 곧 꽃이 필거야 *왜 인생을 복잡하게 만들어야 하나

*장폴 벨몽도

15

참회록 52

    미래의 일이 떠나고 있다 미륵의 귓불을 하얀 나비처럼 스치며 침을 뱉는다 밤마다 밥에 뜨거운 물을 세 번 붓는다 스스로 죄를 고한다 스스로 죄를 사한다 주체는 객체를 주체화한다 옷장마다 옷이 사라지고 삼신각 옆의 소각장의 불은 거세어지다 고개 숙인다 약사여래불 화단에 묻어준 하얀 나비의 영혼이 우주를 맴돌다 툭, 미궁의 자궁으로 떨어진다 별은 혹한의 창가에 매달려있다 굶주린 외계인들이 사는 곳에 움막을 짓는다

    뜨거운 밥 세 숟가락

    뜨거운 물 세 번

    세 겹의 불의 골목 돌아 나오는 영하의 여름

    이제 영영 서럽지 않다

    다만, 옷장 속의 탈취제가 두통의 근원일 뿐

폴로의 슬리퍼 100

안녕 연말! 어려운 시기에 시작한 일들이 결실을 맺고 있어

　이불 속에서 한 발자국도 나갈 수 없었던 절망의 아우성들이 햇살을 집어삼키고 영화 자막은 산산조각나고 그나마 기적이라면 라면을 끓일 수 있을 정도의 몸이 있다는 것 누구의 가르침대로 살지 않아서 정말 다행이야 내가 생각하고 행동해서 정말 다행이야 남의 인생을 살지 않아서 정말 다행이야 정말을 강조했어 나 답지않게 절실한 걸까 아닌 걸까 지나친 표현에 대한 강박증

　안녕 겨울 숲!
　귀를 뚫었어
　혀를 뚫었어
　입술을 뚫었어
　배꼽을 뚫었어
　허벅지를 뚫었어
　발바닥을 뚫었어

　피어싱의 매력에 사로잡힌 너
　피라냐도
　상어의 아가리도

모두 한 식구야
소개할게

초록이 우리를 안내해
검은 초록이 마차를 부수고 있어
이딴 것, 아무것도 아냐
울부짖다가
길 나서려하면
녹슨 못이라도 그리워
호주머니에 못 가득 넣고 길 떠나지

왜 하필 인간으로 태어났을까

생각해 보면 나도 괜찮은 사람

흰 운동화에
검은 바지

그런대로 멋진 사람

동쪽은 늘 찬란해서

오늘도 극락새 구름 흘러가고

예측되어온 태양이 뜨는 시각

때 묻은 손톱이 아름다워지는 시각

몸

황사가 깃들면 거리의 서 있는 것들은 죄다 창백해져 서럽다 내가 서럽고 네가 서럽고 우리가 서럽다 바이올린 소녀에게 주머니쥐에 대해 물어봐야지 무대 같은 건 애당초 없었던 것인걸 커다란 장화라든지 단무지 조각이라든지 그런 건 왠지 슬프고 따듯하지 내 얼굴에 검은 비닐을 뒤집어씌운 나에게 묻는다 하늘은 푸른가 하늘은 푸른가 오버 황사가 깃든 날에는 옥상의 까마귀도 거리의 축대들도 우물을 판다 물통 가득 출렁이는 힘 그걸 기대한다 물통 속의 비춰지는 나의 얼굴이 부디 산버들처럼 해맑기를 슬픔을 잘 견뎌내기를 함께 살아가기를 어, 영식 안녕 요즘 어때 아지랑이 같은 슬픔을 커다란 가죽 자루 속으로 거두어들이고 나보다 더 눈물 많아 보이는 그의 어깨를 배추흰나비처럼 똑똑 노크한다

5시 윤미, 윤성 만나다

우연성에 기대 길을 걷는 여름 단풍

담쟁이 빨간 볼

새벽부터 울리는 전화벨은 빗소리를 닮지 않아

불행해지곤 하지

눈먼 강아지는 눈먼 강아지

초록의 괴물이 도시를 덮친다

만남은 별이 생기기 전 정해져 있어

보이지 않지만 들리는 너의 목소리

보이지만 들리지 않는 너의 목소리

맨발에 박힌 별을 뽑아내니

투명한 관 속

〉

식물이 울먹인다

사슴뿔을 닮은 눈동자

어떻게 이렇게 하루가 다 가?

폰 신호음만 삼키다가

오가는 발자국 심장은 깊고도 얇아서

면도날 안 돼

가까이 오지 마

널 베어 물 거야

네가 행성이라고 하더라도

기꺼이 삼킬 거야

몰랐어?

나 원래 그러잖아

교실 뒤 목공실에서 알았잖아

참회록 29

　딸에게 단풍놀이 한번 가자 말했습니다 말하는 순간 귀 옆에 단풍잎이 돋아났습니다 엄마 당나귀 같아 딸은 망아지처럼 히이힝 웃으며 사진을 찍었습니다 사진을 찍는 순간 당나귀는 아크릴 액자가 되었습니다 요즘은 이게 유행이래 SNS에서 이라크 사진이 쏟아졌습니다 이라크 사진은 트럭에 실려 멀리멀리 갔습니다 산을 건너고 강을 건너고 사막을 건넜습니다 이라크 사진은 밖을 내다보았지만 단풍잎은 보이지 않았습니다 이라크 액자는 흔들리는 몸을 바로 세우며 단오하게 말했습니다 집으로 그만 돌아가자 순간 딸이 엄마 밥 먹자 하였습니다 엄마는 벌건 뻘 같은 눈으로 허겁지겁 제삿밥을 먹었습니다

참회록 52

comma가 떠나고 comma가 왔다 day가 떠나고 day가 왔다
용암이 콸콸 쏟아지고 사방은 불바다가 되었다 썩은 동물마저
다 쓸려갔다 이제 남은 건 살아보겠다는 미친 생각 지진과 토
네이도로 세상은 포개졌다 상어의 뱃속은 검은 젤리로 가득하
다 나는 세상의 저주 나는 세상의 발바닥 나는 기이한 문어 나
는 왜 불안한가 나는 기이한 크래커 나는 시를 쓰지 않아서 불
안하다 나는 기이한 기중기 어제는 기증 받은 인공지능이 자살
했다 그저께도 한명 죽었다 나는 기이한 환자 나는 기이한 강
박증 계수나무 세상의 허물을 다 뒤집어쓰고 홀로 걸어 가네 꿈
을 꾸었지 나보다 키 큰 흰 새가 내 머리 위에 나보다 키 큰 흰
알을 낳네 화려한 초록 수영장 속에 수련 꽃무늬 더블 침대 둘
잘 아는 인공지능 셋 잘 모르는 탱크로리 하나 온통 물결 온통
물결 온통 물비늘 온통 물비린내 오전 내내 온통온동온통응통
은통은토몬통온통몸통오토오토구토온통온통오동통오동통

참회록
– 겨울 숲

겨울 숲속에서는 거짓을 말할 수 없다
은빛 발전기도 들통난다
천사의 날개는 토네이도에 견디지 못한다
그래도 사람들은 구인사로 꾸역꾸역 주먹밥처럼 모여들었다
주먹밥은 겨울 연꽃
짧아진 겨울 숲은 아름다운 비염을 데리고 간다
깜깜하게 어두워진 숲은 울듯이 웃었다
머리카락이 짧은 나는
초면에 실례가 많았습니다
물집구역의 능선을 타고 별을 향해 걸었다

참회록 56
― 시카코 피자

시카코 피자를 먹었지 기프트양과 단둘이서 올가가 떠난 방에서 시카코 피자는 맛있었지 슬프도록 달콤했지 향긋한 베이컨 붉고 푸른 희망은 손톱처럼 잘게 썰어져 피망처럼 뿌려졌지 오, 시카코 피자 맛있었지 난생 처음 먹어보는 슬픔, 숲의 혁대를 발견했네 다시는 들어가서는 안돼 숲의 학대, 기프트양은 흐느꼈네, 피망은 흐느꼈네, 올가가 떠난 방 축 늘어진 숲의 겨드랑이를 두 손으로 끌어올리며 오, 시카코 피자 오, 시카코 피자 눈사람 톰이 피자를 썰지 비바람 톰이 피자를 썰지 오, 시카코 피자 달콤쌉쌀 담즙 흘러내리네네네네 뉴욕 맥주 곁들여 오, 변기와 현관 열쇠와 체온계, 보름 지난 보름, 순도 높은 보름달, 시카코 전역에서 두둥실 기차는 기차는 변기를 타고 뉴욕으로 떠나네

참회록 58
- 크리스마스

모든 빛이 사라지니 하나의 빛이 생겨났다 절벽에서 절벽으로 집이라는 뿌리가 옮겨붙고 전염병이 스스로를 불태우며 버섯처럼 자라났다 찬송가는 여전히 아름다웠다 땅바닥에 떨어진 책을 집어 올리면 어느새 흰 책이 되어있었다 책에는 책받침이 있어요 마치 중요한 것을 놓친 것처럼 가난한 신부가 나에게 말했다 제가 약간 죽어가고 있는 중이에요 신부에게 말했다 선인장이 절벽과 절벽 사이에서 해먹을 타고 놀았다 절벽을 타고 놀던 신부는 배꼽이 이 순간 빠질 리 없다 그러나 배꼽이 빠졌다 때론 빠지는 것이 구원이다 아멘- 그리스도의 말씀이었습니다 신부는 자신이 죽었다고 했다 새벽이 구원이라는 말로 산타의 허벅지살을 구워먹었다

참회록 63

　스파티필룸 초록 잎들이 뚝뚝 잘려나가요 거위 같은 꽃들이
죽어나가요 꿈속에서는 아이가 서럽게 울어요 계단은 흰 마스
크 버리고 울음 멈춘 골목 붕어빵 익어가요 연말은 연기의 리
즈 시절 연기는 연기를 잘못해요 원룸은 늘 연기투성이 초록의
연기와 기다란 혀 축 늘어진 새파랗게 질린 연기를 지도하는 이
국의 식물들이 목이 꺾여요 지붕은 이미 지붕을 잃고 낯선 영
토를 떠돌아다녀요 아이는 아기의 분유를 타다 울고 아기는 아
이의 젖꼭지를 빨다 울고 연기가 홀연히 사라질 까닭은 차고 넘
쳐요 럭키와 베토벤이 사라진 권총의 바닷가 눈덩이 부어오른
초록 총알 알몸으로 튀쳐나갑니다

참회록 67
- 검은 숲

    검은 숲에 가보지 않고 어떻게 검은 숲을 노래하나 저 검은 숲속의 비명 찢어지는 비명 오, 귀를 막아도 들리는 비명 다 어떻게 표현하나 꿈속에서는 Years Years Years 앞으로 나아가지 진취적으로 나아가지 in in in 각혈 쏟아지는 숲을 어떻게 다 시로 쓰나 살을 다 발라버린 숲의 뼈, 를 수습하는 관, 묘, 두건, 창, 화살… 지키기 위한 시간이 살해당하는 전기 톱날 앞의 숲, 에 가보지 않고 살점 떨어져 나가는 새, 피 토하는 새의 울음소리를 어떻게 기억하나 숲은 숲의 노래를 멈추지 않아 걸어가자 나에게는 100파운드의 용기가 있다

D이비인후과 의사는 잔느의 코안을 진료했다 컴퓨터 화면에 피가 가득하다 왼쪽 콧구멍이 휘어졌군요 오른쪽 콧구멍은 직선으로 뚫혀 있어요 아, 네에.. 코 세게 풀지 마세요 알레르기 비염 같은데요 피검사를 했다 간호사는 생고무 줄을 잔느의 왼쪽 팔에 두르고 피를 뽑아냈다 주사기에 피가 가득하다 잔느 피인데 느와르 피 같다 긴 침대는 초콜릿 빛이다 병원 주사실 침대는 늘 초콜릿 빛이다 혹은 와인 같은.. 결과가 나왔다 알레르기 혈액검사 결과보고서 병원코드 57073 4명의 의사 예쁘거나 거칠거나 귀엽거나 약해 보이는 4개의 사인이 있다 기니피그 0.17, 블란서국화0.05, 미역취국화0.10, 외겨이삭0.00, 흰강낭콩0.01, 마카다미아0.02… 비염치료 스프레이와 약을 받아 백팩에 넣었다 사업이 뭔지도 모르는 진드기 Df가 홈택스가 뭔지도 모르는 진드기 Dp가 비밀전자카드가 뭔지도 모르는 Dog 1.39가 바람벽 아파트를 지나 바람의 바퀴를 굴리며 검은 백팩을 매달고 투명바다세무소로 간다 검은 고릴라와 황금심장 고양이를 등에 매달고 국화바퀴처럼 굴러간다 굴러간다 굴러간다 굴러간다 그래 그래 굴러가누나 ―휘―휘―휘―

참회록 87
– 달리, 푸른 잉크로 쓴 시

　나의 몸에 들어온 달리는 31번과 43번 버스 사이를 달린다 뛰어든다 부딪히고 깨져도 멀쩡한 달리, 몸 밖의 파이프와 콧수염이 더 단단하게 자라는 달리는 달라, 달리 달리라고 부를 수밖에 없는 달리, 달리는 푸른 잉크로 시를 쓴다고 쓰는 나, 푸성귀처럼 시퍼런 바다를 머리에 이고 달리는 달리, 나의 몸에 들어온 달리는 비틀비틀 집 찾아간다 가로등에 기대어 비딱하게 균형을 잡고 있는 반달 아름다운 변기는 밤 12시만 되면 방울뱀을 껴안고 토한다 아, 이 냉혈한 추위! 피도 눈물도 없는 지상의 땅, 현관문이 안 열리는 까닭은 비번이 틀렸기 때문 개들은 컹컹 짖고 핑크빛 반달은 뿌연 안개 속 침묵의 발레슈즈, 아파트 개는 갇혀 사는 등불, 등불이 짖고 짖어 존재를 발화하는 고욤나무 한 그루, 아, 눈물겹다 살려고 버둥거리는 달리와는 달리, 달리라고 밖에 부를 수없는 달리, 업무별 서랍별 파트별 책상 위 잉크 속 푸른 별 뚝뚝 떨어지는 달리, 별의 길 달리는 달리

참회록 96

　이 세상에 쓸모없는 건 없다네 단팥죽 한 그릇조차 따듯함과 허기를 채워준다네 방금 떠난 수소비행기에는 A가 타고 있었지 멀리 밀항하는 구름이여 스푼이 구름을 한 스푼 떠올리네 봄의 레이스처럼 아름다운 부드러움과 강인함과 기억의 보이스 보이시한 A는 칠면조를 굽고 추수감사절을 맞이한다고 편지가 왔네 나는 여름 바닷가 캠핑카에서 왼팔을 굽고 있는 중이라고 답장을 썼다네 딸은? 개는? 이미 구워 뼈마저 뜯어 먹은 지 오래라고 답장을 뜯어먹네 이 음산함 뭐지 시를 다 망친거야? 다시 시작해보기로 한다 자.. 커피를 한잔 마셔 E컵 런칭기념 무료 보증금 2000원 이벤트 잊지 말고 챙기길 3월 31일까지

블루트리 옐로우문

– 202203092244

　골목에서 죽은 유령들이 흘러나와 물처럼 흘러나와 댄스를
추네 쓸쓸한 골목이 환해지네 명랑해지네 아름다워지네 역사
도 투표도 골목길에서는 희미한 그림자일 뿐 오직 죽음만이 제
왕이네 관의 뚜껑들이 가로수처럼 서서 걷네 서로를 포옹하네
서로를 손뼉 치네 깊고 깊은 딥딥 물고기의 키스를 나누네 센
텀의 초승달은 노랗고 영화의전당 앞마당 나무는 푸르디 푸르
네 빛은 돌고 돌다 어디로 흘러가나 편의점 컵라면 아이들 삼
각김밥 알바 청년들 어깨동무 낯설지 않는 밤 열시 사십칠 분
이십오 초 봄 안개가 뿌연 망막처럼 어깨 위로 펼쳐지는 골목
길 쓸쓸해져가는 쓸모의 발길질 유령들은 더 이상 존재태를 찾
지 않는다

노바미사마

비가 내린다 우중충한 비가 내린다 노바미사마 유령은 다시
나타날 것이다 그는 미래의 담뱃값 적금이다 그는 어류다 그는
의류다 인류는 적당히 미쳤고 미쳐간다 물질세계는 타락했고
비물질 세계는 오염되었다 순수의 영역은 이제 말할 수 없다 투
쟁의 역사는 투쟁을 불러왔다 불허의 영역에 발을 들인다 더러
운 비 더러운 목련 누가 순수를 노래하는가 그의 아가리가 항
구 뒷골목에 내던져진다 그의 목젖에 산수유꽃이 핀다 그의 목
을 따야한다 피가 솟구치리 그래도; 그래도; 따야한다 부르르
– 부르르– 두려움과– 멸종과– 시신을– 껴안고 기어코 미래
의 목을 딴다

나의 독자들에게

속지 마오 시인에게 속지 마오 시인은 가짜요 고로 나도 가짜요 면허증도 가짜 여권도 가짜요 진짜는 고름이요 진득진득한 썩은 정신과 육신의 분비물만이 진짜요 오직 그것만이 진짜요 진짜를 찾으려 하지 마오 그러면 가짜를 만나기 십상이오 가만히 두오 가만히 두오 봄밤 골목길 어디선가 들려오는 재즈처럼 가만히 두오 가만히 두오 그러면 시는 진정 기뻐 비통함을 단숨에 뱉어낼지니 그때를 아오 그때를 기대하오 그때를 각오하오 온몸에 뼈다귀조차 없이 흘러다니는 밤의 검은 이슬을 나는 기대하오 나는 각오하오 나는 턱에 검지를 갖다대며 기뻐하오 죽음이 오고 또 죽음이 오고 또 죽음이 오오 뜰 앞에는 까치가 산수유 옷을 입었소 노랗게... 노랗게... 퍼덕거리오

이가시다시이가시 69
– 버스킹존

해운대 모래축제장에 사람들이 모여요 사람2와 사람3이 섞여 지나가고 있어요 피라미드와 스핑크스가 뒤섞이고 있어요 바닷가 우체국은 사라진지 오래입니다만 괭이갈매기는 허공을 날고 있어요 흰 편지 자국이 군데군데 흉터를 낳아요 사람6과 사람7이 호프집 앞에서 호프를 섭취하고 있어요 팔차선 도로의 흰 점선 직선의 열망을 알아차리기 전에 두려움의 해가 져요 해 끼치지 않아요 스스로 두려움의 사슬을 벗어나요 사람9와 사람13이 함께 걸어가요 허공의 문이 스르르 열렸어요 얼려먹는 열대과일에는 곰팡이 숫자가 적혀있어요 사람19가 숫자15를 어루만지고 있어요 서바이벌 파도가 섬광 같은 성과의 퇴근을 서두르고 있어요

이가시다시이가시 72

고목나무 속 검은 수녀복 입은 한 여자 앉아있어요 그는 녹슨 틀니하고 있어요 텅 빈 동공으로 꿀들이 윙윙거려요 벌들이 흔적도 없이 사라지네요 노란 굴삭기가 수녀복 입은 한 여자의 뿌리를 구름 위로 들어 올리고 있어요 지상의 가죽 혁대는 얼마나 매섭고 재빠른지 구름의 알몸을 후려쳐요 꺾인 나무의 구멍마다 시멘트가 발라져 있어요 나무의 나무의 나무가 학교 의자에 묶인 채 죽어가고 있어요 흰 운동화가 피로 물들어가고 있어요 이상한 일이에요 수도꼭지를 틀면 맑은 물이 흘러내려요 죽은 사람처럼 보이는 내가 흰옷 입은 내가 철물점 앞에 서서 은빛 알루미늄 새시를 잘린 팔목으로 두들기고 있어요

어제의 사랑

　영하의 날씨 속에 버스마저 꽁꽁 얼어붙었다 그는 먼저 가겠다며 자리를 떴고 나는 조금 있다 자리를 떴다 점포 임대 마네킹들이 옷을 벗고 서 있다 원래 옷이란 없는 것인데 나는 원래 옷이 있다는 생각에서 헤어나지 못하고 있다 그는 멀리 있고 내년 여름쯤 올 거라고 한다 길을 걸어가는데 사방이 양산 통도사처럼 넓어졌다 징글벨 징글벨 하얀 눈이 내리고 공룡 몇 마리가 쿵쿵거리며 펑펑 내리는 눈 속을 뛰어놀았다 5억 년 전에 떨어진 운석의 틈새로 노오란 군고구마처럼 불빛이 새어나왔다

물통 속의 거울

　거울은 거울 속의 거울은 거울을 보고 있다 거울은 1990년대 립스틱처럼 번지지 않는다 거울은 스웨터도 아닌데 푹신하다 거울은 카디건도 아닌데 따뜻하다 그러면 거울은 카디건인가 카디건 백작이 입은 카디건은 현재도 카디건이다 물통 속의 물통은 현재도 물통이고 거울 속의 물통의 현재도 여과 없이 거울이다 새소리가 가슴 아픈 자는 물통 속을 자주 들여다본다 물통 속에는 병이 있고 병 속에는 약이 있다 약 속에는 병이 있고 병 속에는 약속이 있다 산들백과사전에는 새가 있지만 꽃이 없다 꽃이 없으니 꽃가루가 없다 꽃가루가 없으니 꽃받침이 없다 현대 속에는 현대가 있고 나는 아직 현대를 제대로 보지 못했는데 사람들은 내가 시시해져 떠나버리고 나는 국화차와 보이차를 앞에 두고 장례식을 치른다 국회는 보이콧 되었다 국회는 보이콧 되었다 자꾸 귀울림증이 울렁거렸다 미얀마의 총소리가 내장 속을 침투했다 수에즈 운하는 흘러가는 시간을 가로 막았다 분리수거시간이 임박했다 이 시를 쓰고 있는 시간은 오전 9시 44분이고 분리수거는 10시까지다 이 글은 자꾸 지워지고 있다.. 이 글은 자꾸 지워지고 있다.. 이 글은 자꾸 지워지고 있다... 귀여 귀여 사랑스러운 귀여 영원히 내 곁에 있어 다오 분리순거의 날에 순국의 기쁨을 다오

* 이 시에는 자연발생적인 오타가 들어있습니다.

물가에 앉아

아름다운 소녀가 물가에 살고 있었어요
종이로 만든 금빛 종을 손에 들고 있었어요

물에 젖으면 더 맑은 목소리로 노래하는 신비로운 금빛 종이
었어요

사람들은 물가에 모여들고 또 모여들었어요
신비로운 금빛 종의 노랫소리를 듣고 싶어 했어요

금빛 종은 온몸이 다 젖어 더 이상 젖을 곳이 없을 때까지 노
래했어요

저녁이 되어도 사람들은 집으로 돌아가지 않았어요
새벽이 되어도 사람들은 우물가로 돌아가지 않았어요

꽃들이 피고 지고
목장의 소들이 목이 말라 쓰러졌어요

닭들은 닭장을 뛰쳐나갔고 돼지들은 우리 안에서 우왕좌왕
했어요

굴뚝은 차갑게 식었고 아기들은 굶어 죽어 갔어요

젖은 금빛 종을 들고 있던 아름다운 소녀는 형체도 없이 사라
졌어요

물가에 개구리 알들이 쌓여갔어요
물가를 지나가던 당나귀가 뒤돌아보았어요

순한 바람이 불고

버드나무 잎 하나가 물 위로 떨어졌어요

아름다운 바이올린 소리가 큰유리새처럼 울려 퍼졌어요

아름다운 새벽의 물가에 앉아있는 듯
마음의 정화가 끝난 듯
오른쪽 손등이 윗입술과 인중 위에 부드럽게 닿아있어요

바다와 소녀와 천사

죽음을 다 끌어모아 모닥불에 태우면 티끌은 수평선으로 날
아가고

천사의 천사의 천사의 천사는
하늘을 올려다보며 한숨을 쉬었지

창틀에 앉았던 그가 거리의 개를 안아주는 그때 즈음

빗방울 속의 또 하나의 그가 그와 거리의 개를 안아주고

구름 위에 앉았던 또 둘의 그가 빗방울 속의 그와 창틀에 앉
았던 그와 거리의 개를 껴안아 줄 그때 무렵

죽음은 층층이 내려다보는 세계지도

세상이 아무리 잔인하여 천 개의 칼에 물을 뿜으며 날뛰어도
까만 자개농에 천사의 눈동자처럼 박힌 은빛 반짝이는 조개껍
질 하나 벗겨내지 못하는 것을

서점 옆구리에서 죽은 이의 시집을 만지작거리던 여자아이가
저승사자 뒤를 따라나서네

〉

방패처럼 생긴 바위 앞에 분홍빛 꽃들 창틀처럼 피어 있어

푸르스름 병을 안고 사는 인간들이 욕망의 씨앗을 뿌리며 들
락달락한다네

좁은 방

와인 담은 두 개의 투명 잔 독약으로 가득해 전등은 달빛처럼 빛나지 짙은 눈썹 침침한 침대에 나신으로 벌렁 눕고 가냘픈 눈썹 발목 없는 소년처럼 춤을 추네 더러운 계단은 음악조차 흐르지 않아 호기심 많은 사월의 이팝나무 꽃 교실 유리창 파편되어 사방으로 흩어지네 참외를 사 가 노란 참외를 사 가 두 팔에 껴안고 경사길 올라가네 다섯 알의 참외 바스락거리는 투명한 필름 낙원추모공원 흰 트럭 지나가네 랄 라— 바람처럼 흐느적거리며 노래 부르네 노랗고 빨간 흰 트럭의 노래 랄 라— 오토바이처럼 달려보네 희고 빨간 주황빛 노란 참회의 노래 참회는 참외를 큰 이빨로 베어 먹는다네 다시 살아난 등나무여 기어코 보랏빛 밤하늘로 기어 올라가는구나 189☆23☆9 추모공원 흰 트럭 지나가네 송진의 가느다란 왼팔에 마지막 숨을 쉬며 안긴 투명필름 속 다섯 개의 노란 참외 마지막 참회를 마지막 참외를 단두대의 칼날처럼 싹둑 자르고 파도처럼 흰 쟁반에 담는다네

Ⅱ. 인간의 기술

참회록 86
– 시를 위한 기도

– 호흡을, 새를, 머리카락을, 귀를, 목소리를 검은 서랍에 담는다

인간의 굳은 간을, 치정에 얽힌 손톱을, 뱃멀미에 시달린 구
토를

너는 본 적이 있겠지 당연히

좁은 어시장의 비린내를 지나

어린 물고기의 팔딱거림을 지나

노랗게 피어나는 튤립의 봄

손을, 손가락을, 마디를, 지문을 토한 구토의 입이여!

항문의 수축과 벌어짐은 별들의 그물집

한 겹의 아킬레스건을, 세 겹의 발톱을, 다섯 근의 고깃덩어
리의

숙고하고 숙성하고 올리브유에 떠다니는 시신의 발바닥이여!

겨드랑이의 십자는 이마를 칭칭 감아올리고 십자포화, 씹자포화, 개씹자포화...

개똥살구 지붕이 무너져

개똥모과 지붕이 무너져

개똥참외 지붕이 무너져

불빛을 잡아먹고 신부의 어린 살결을 토해내는 등불이여

이제 배는 건너지 않나니―

이제 배는 멈추었나니―

새벽 별과 잔다르크

까마귀와 자동차

살구비누와 직박구리

갈비뼈 드러난 비누는 후각을 상실한 후에 차에 처박혔지

전생의 업으로 살아가는 가련한 인간이여

최면의 기술로 밥을 먹는 까마귀와 까치여

자신의 어깨를 뽑아 분쇄기에 갈아 마시는 유령이여

한 때의 오전이 증오를 세우고

한 때의 오전이 관능을 세우고

한 때의 오전이 황금들판을 세우고

인간의 기술은 까마귀의 혀를 빼먹고 순금의 왕관이 든 항아
리를 벽 속에 묻는다네

아무도 모르게 –

아무도 모르게 −

묻은 자도 묻힌 자도 모르게 −

그게 시의 운명이라네

참회록 59

바이올린 현을 손으로 뜯는 게 좋아
그 소리를 귀로 듣는 게 좋아
주근깨들이 소근소근
죽은 이들을 불러오고
우린 함께 들러붙어 있으면 귀라는 게 있는 건지 모를 때가
있어
노란 바나나가 한국은행 앞에서 빛나고 있어
사진을 찍어주던 내가
사진 속에서 이상한 걸 봤다고 나에게 보여줘
희미하게 구석에서 석탄처럼 웅크리고 있는 사과처럼 생긴
돌멩이
우리 동맹을 맺자
내가
내가
우린
긴 붉은 벽돌과 짧은 붉은 벽돌 사이에 죽어있어
소금물이 스며들고
간간이 간이 맞춰지고
내가
내가
우리가

참회록 85

물을 흘린다- 줄줄- 물을 흘린다-

안녕- 악령이여- 잘 가요- 안녕- 천사여- 잘 가요- 대지는-
늘- 평온하였나니- 마음이- 지나간- 하늘은- 맑기만- 합니다
-

인간의- 인간의- 인간은- 늘- 염주처럼- 이어져 있어요-
생물의- 무생물의- 생물은- 늘- 보리수처럼-이어져- 있어요

물을- 흘린다- 줄줄- 물을- 흘린다-

또- 와요- 예- 또- 올 게요- 다정한- 목소리- 목덜미를-
적셔요-

인간의- 손가락은- 왜- 이다지도- 아름다운지요-

남극의- 빙하는- 왜- 이다지도- 슬픈지요

흘러내려요-

흘러내려요-

〉

흘러내려요–

루나리아와 차분히–

* 십자화과 루나리아속

참회록 76
– 202201240913

눈을 뜨면 비릿한 피를 먹어요 주위에는 피 빨린 시신뿐 서로가 서로를 먹어요 벽에 널린 건 시신의 벗겨진 살점들 통곡의 벽은 통조림이 된지 오래 세계의 벽은 두껍고도 얇지요 그 반대이기도 목 잘린 경험자는 말한답니다 기 빨린 깃발들은 허공을 기억하지 못한다는 연구결과가 세계적인 권위지 K사이언스에 실렸습니다 여객기 운항금지가 시작되었어요 피를 싣고 오던 비행기가 폭설에 주저앉았어요 저주는 저주파의 방송을 타고 흘러내리고 만년필은 만년설 속에 갇혔어요 비릿한 웃음들이 바이러스처럼 세계를 떠돌아다닌답니다 페인트일까요 페인일까요 결핵성 폐렴일까요 설계무장한 도시가 결핵균처럼 둥둥주 쌀알처럼 둥둥 떠다닌답니다 새해 달력이 달의 한가운데로 모이고 있어요 올해는 좀 잘해보기로 해요

참회록 61

영희는 저 굽은 어깨로 뭘 말하고 싶었던 것일까 아직 어깨가 반듯하다고 말할 수 없는 나는 영희를 알고 영희는 영희를 모른다 영화스러운 날도 없이 저문 영희의 시간은 아니지 영희만이 알고 있는 영화의 화관을 드러내놓고 쓰지 않았을지도 모른다 영희는 맨발로 기어가고 있다 영희는 맨살로 울고 있다 맨살의 다리를 벌리고 샤콘느를 들으며 오징어톡을 먹으며 더 이상 효과 없는 허브를 발바닥에 혓바닥에 바르며 영희는 나를 보지만 나를 보지 않고 있다 나는 영희를 보지만 영희의 보지를 보고 의사에게 나를 보고하고 있다

물소리 2

    순수한 마음들이 장독에 고인다 사람들이 줄을 서고 새를 기다리고 하나의 별을 가슴에 새긴다 우리는 그것을 오늘이라고 부르지 푸르르 푸른 빗방울을 떨구어내고 초미세먼지로 노란 셔츠를 지어 입고 빨간 구두를 신고 또박또박 우물을 귀신처럼 찾아들지 우물은 정이 많아 정을 붙이지 못해 절벽의 모서리만 골라 젖꼭지처럼 핥고 다니지 탯줄의 결핍은 오래가기는 하지만 영원하지는 않다고 명리학이 말하면 왠지 믿음이 갔지 입춘이 오면 해가 바뀌고 죽은 아이가 다시 돌아올 거라는 점괘를 믿는 마음, 검은 속눈썹 위에서 일찍 뜨는 2022년 1월의 흰 달, 죽은 나무는 죽은 나무 죽은 미나리는 죽은 미나리 죽은 숙주는 죽은 숙주가 아니라면 재생 산업처럼 다시 되살아나는 거잖아 1월의 흰 달, 옆의 금성은 긍지로 가득 찬 얼굴 지치지도 않아 항상 그 거리 그대로 내가 나를 바라보는, 내가 나를 지켜주는, 그 거리 그대로, 헥헥 숨을 헐떡이며, 한 마리 붉은 양떼구름처럼

이가시 24

어둠 속에서 빛을 찾을 필요가 없다는 걸 알게 된 염소 한 마리 메헤헤 빛은 내 안에 있어 메헤헤 어제도 알았지만 혼란스러웠지 메헤헤 오늘도 알았지만 어쩔지는 아직까지 몰라 메헤헤 내일도 알겠지만 4초는 알고 108초는 혼란스럽겠지 메헤헤 계란스크램블 메헤헤 풀 먹을래 메헤헤 너는 강이 필요 없는 까닭을 알아 메헤헤 네가 강이니까 메헤헤 왜 그걸 못 믿는 거야 메헤헤 너를 믿어 메헤헤 너를 믿어 메헤헤 뿔은 강 언저리에 버려지고 (메헤헤 글자 작게) 살점은 놈들 속에서 지푸라기처럼 타들어가겠지만 (메헤헤 글자 검붉게) 노을이 피어날 필요가 없다는 걸 알아 메헤헤 네가 노을 메헤헤 네가 노을 메헤헤 (메헤헤 글자 옅어진다 누군가의 커다란 손에 의해 지워진다..) 자유를 노래하던 메헤헤 시위를 하다 지쳐 메헤헤 위로해 메헤헤 자기=너÷나÷누구÷우리=메헤헤 메헤헤 날씨를 못 믿어 염소뿔은 메헤헤 비가 온대도 못 믿어 허공에 뿌려진 염소의 살점은 메헤헤 공기를 믿어 메헤헤 사라지는 공기를 믿어 메헤헤 죽어가는 나무를 믿어 메헤헤 거꾸로 돌아가는 탄소중립시계를 믿어 메헤헤 메헤헤 메헤헤 염소는 염소를 믿어 메헤헤 흩어진 살점을 믿어 메헤헤 강 언저리 외롭게 떨어져나간 뿔의 각도를 믿어 메헤헤 메헤헤 뿔의 각도의 남은 여백과 강에 비춰진 산 그림자를 바라보는 거위의 해탈을 믿어

참회록 65
– 감정

저건 어디다 쓰는 물건일까요
이거였다가 저거였다가 계수나무였다가
병목나무였다가 열무였다가 지렁이였다가 문어였다가 누각
이 된 너는

문짝 없는 집이 氏여
오는 사람 막지 않고 가는 사람 붙잡지 않는 바그너 씨여

흰 보름달이 오랫동안 머물다가는 긴 호흡 씨에 대해
새가 직선을 그으며 날아가는 허공 씨에 대해
잎 없는 가지에 새가 잎새 되어 웅크린 연유 씨에 대해

죽은 자는 말이 없다

산 자는 먹고 걷는다

죽음의 사슴고기를 보름달에 가죽처럼 걸쳐두는 버릇이 생겨
난 이후

인류의 슬픔은 지리도록 자란다

한 명이 불멸의 잠에 들어야 서른세 명의 씨앗이 되살아나는
기적의 인내심

밤새 도로에 노란 선이 사선으로 그인 높은 턱이 생겼다

참회록 39
- 20211125090245

11살 개 생식기에 염증이 생겼어요 주사 맞고 집에 돌아와 가루약 먹이고 연고도 발라주었어요 스스로 핥지 못하게 개목에 나선형 나사 같은 플라스틱 커버를 씌웠어요 나는 나를 핥을 수 없는데 개는 개를 핥아요 개는 책임감 있어 보여요 (어머 우리 사랑스러운 개♡) 산 능선 별은 오렌지빛에 가까운 금빛이에요 별도 계보가 있는지 별빛이 비슷비슷해요 궤도를 돌던 개들은 이제 어지러운가 봅니다 크리스마스 마차들이 속속 도착하네요 자 이제 어디로 모실까요 나의 개떼들이여 염증은 곧 가라앉지 않을 듯 하네요 666일 약을 처방 받았어요 오, 지치지 않는 거리의 침묵이여 낙엽의 처방이 내려진 기린의 목이여 같이 사이좋게 일승—乘 13번 타 보자구요 따 타타 타타타 타 타타타 타

참회록 24

　내가 가만히 서 있으니 고양이가 움직였다 고양이가 움직여 내가 가만히 서 있으니 고양이가 움직였다 사람이 내려오니 산 속으로 움직였다 희고 검은 고양이가 검고 흰 고양이의 꼬리를 씹어 먹고 있다 자지가 벗겨졌다 휙 던지니 휙–휘어지며 사라지는 옥수수 자지 날아다니는 보자기로 보지를 감쌌다 겹겹이 싸두어도 파헤쳐지는 보지 미국 지하철 타볼래 어이없어 기가 막히는 성폭행// 구경만 했을까 동영상도 찍고 있었겠지 경찰에 신고는 뒷전 그중에 하나 나 아니라고 할 수 있을까 공포에 질리거나 겁에 질리거나 누군가 신고 하겠지 생각하며 신고한 후의 그 번거로움에 대해 고민 없이 나, 신고 할 수 있을까 바보, 찌질이라고 부르지도 못하는 나// 자신의 나// 인간의 존엄성은// 나를 함부로 해害해서는 안된다 이놈의 인간 존엄성 미국 지하철에서 내린다고 해결이 되나 오줌 누고 싶은 인간아 놀고 싶은 인간아

참회록 16

나는 괜찮지 않다 결코 괜찮지 않다 그런데 왜 나는 내가 괜
찮다고 생각했는가 내가 모르는 내가 나를 인정할 줄 모르는 내
가 극한 오만이 내 안에 집을 짓고 살고 있었다 그걸 이제 깨닫
다니 나는 나에게 저주를 내리지 않아 화분 하나의 소중함을 아
는데 십년이 걸린 느림의 모순은 어진 손톱으로 살아가려고 노
력하는 인간의 자화상 노력하지 않으면 그마저도 없다 가을 한
파 몰아친 시월 십팔일 새벽 다섯 시 삼십 분의 서쪽 하늘은 인
간의 모습이 아니다 푸르고 희고 분홍빛의 오로라.. 응애 응애
아기들이 빛으로 쏟아지는 유리 천장 한 그루 나무가 창을 열
때마다 서 있다는 것은 얼마나 큰 위안인가 저 나무만 닮으면
되는 것이다 저 나무처럼 오늘도 변함없이 서 있으면 되는 것
이다 몇 개의 낙엽처럼 뚝 뚝 무뚝뚝하게 빛을 떨어뜨리며 빛
의 길을 바라본다 분홍초록 도끼빗 두 개 꽂혀있고 나무처럼 무
성히 자라고 있는 건 다크초콜릿빛 롤빗이다 모감주나무는 혹
한의 가을에 비로소 비로자나불 사랑을 완성하였다

생선구이 모둠

딸과 생선구이 전문점에서 생선구이 모둠을 먹는다 조기보다 고등어가 많다 모둠은 나눔 같다 모둠은 품는다 같다 모던한 패션들이 식당 정면 한가운데 설치된 텔레비전에서 뻗어 나온다 배꼽이 나오는 패션이 대세다 내 배꼽은 예쁘다 딸 배꼽은 안 봐도 예쁘다 목숨 걸고 지켜온 배꼽 다행히 배꼽은 아직까지는 안전하다 언제 폭탄 맞아죽을지 모르는 아슬아슬한 모던한 패션로드 런웨이를 걷고 있는 쟈우찡 한 발 내딛는 길마다 장미와 모란과 약장수 불꽃 속이다 생선구이 모둠은 역시 위치가 모던하다 시시각각 비추는 CCTV카메라 바깥으로 석류가 오지게 피었다 오지케는 한국말로 무서운 생각이라고 네이버오픈사전에 나온다 오지케가츠쿠는 축기縮氣들다, 무서운 생각이 들다라고 민중서림 엣센스 일한사전에 나온다 나는 오지게 매달린 석류꽃을 보고 축기가 들었다 기가 줄어들었다는 말이다 그건 석류꽃처럼 선명하고 투철한 사명감처럼 사실적이다 우리는 흰 마스크를 썼다 생선구이 비린내가 마스크에 스며들어 물고기 침대 위에 앉아있다 생겨나는 건 순간이다 나는 놀라거나 논하지 않는다 딸이 일본어는 띄어쓰기가 없다고 하지만 나는 띄어쓰기가 어렵다 마스크는 넝쿨장미 핀 오후 세시 이십구 분 우체국 정문을 밀고 들어간다 코로나19 체온측정기는 정상입니다 말하던 입을 다물었다 소독제는 여전히 입안에 손가락을 넣고 구토 중이다 낯익은 석류거울이 있다 우체국 직원 기후와 나

사이에는 재생포장지가 미래의 계절이라는 이름으로 종종 불
린다

　외계인 비평 강사가 들어오자 사람들은 노트북을 열거나 노트를 펼쳤다 여름 수박을 반으로 가르자 흰 행주가 수박에 물들듯 지구의 스크린은 외계의 활자로 물들었다 지구와 외계 사이에서 꿈틀거리던 슬픔의 언어가 목젖을 움직였다 오랫동안 모른척한 내 몸이 꿈틀거렸다 한 벽면이 모두 투명 유리창인 거대한 창밖으로는 바나나는 뱉어버리고 피부약 빼고는 무엇이든 먹어치우는 우주의 구름이 흘러간다 6월의 강의실 안은 아이스커피 향으로 가득하다 도마뱀 한 마리가 의자를 꼬리에 감고 어두운 전등이 켜져 있는 좁고 긴 복도 끝으로 사라진다

참회록 92

　오래전 죽은 그가 불현듯 생각난 것은 영화모임에서였다 열한 명의 모임이었고 그 중 한 명인 그2가 펼쳐놓은 노트북을 들고 갑자기 철문을 박차고 나감으로서 열 명의 모임이 이루어지고 있던 중이었다 오래전 죽은 그는 영화평론가였는데 영화감독이기도 했다 그의 유고작품을 감상하는 동안 햄버거 값이 올라갔고 팥값이 올라갔고 유제품값이 올라갔다 물가는 서민들의 인상 그리기에 충격을 가하고 있었다 그3이 이미지 영화를 만들었는데 명상음악이 영화 옆구리에 깔려있었다 모임이 끝나기도 전에 그9, 그4, 그7, 그8이 철문을 박차고 나갔다 군더더기 없는 깔끔한 철문소리가 스르르 닫혔다 무게중심을 잘 지키고 있는 문소리였다 명상음악은 재수 없고 지겹다고 남은 모임의 숫자들이 지저귄다 머리 위로 봄여름가을겨울 네 개의 방이 펼쳐졌고 그 방에는 각각 봄여름가을겨울 네 개의 양변기가 놓여있다 이후 백년의 시간이 순식간에 훅—한방에 가버렸는데 양변기는 실오라기 하나 걸치지 않고 백옥처럼 빛나고 있다 최소한의 양심 같은 빛이다 곧 소한이 다가오고 있다 대한은 소한 집에 놀러갔다가 얼어죽었다 그5는 자신이 오래전 죽은 누군가라는 걸 잘 알고 있다고 했다 알베르 카뮈는 1960년 1월 4일 교통사고로 죽었고 1960년 12월 30일 때어난 그5는 죽을 때까지 차에 대한 공포에 시달릴 거라고 말했다

참회록 49
– 별로 보려고 노력할 때 별은 보인다

어둠의 허공 속에 손가락들이 솟아있다 숫자가 새겨진 손
가락들 태어남은 666 병에 시달림은 999 결혼은 444 밥 먹
는 건 222 산책하는 건 555 병문안 가는 건 777 고속도로
를 달리는 건 815 신체를 훼손당한 건 11224 진실처럼 말
하는 거짓은 10001 죽음으로 향하는 흑연의 마차는 1213
생부의 아기를 낳다 죽은 소녀는 333

우리의 끝은 어디인가
우리의 울타리에 걸려있는 잿빛 스웨터여
진탕 놀아버린 하루여

트위트 재킷들이 자청하며 흙탕물에 소매를 적실 때
붉은 노을은 거대한 근육으로 불끈거리네

보풀이 일어나는 혓바닥을 면도날로 밀어버리네
깊숙한 겨울의 철장 속에서 강간이 일어난다네

빛줄기는 거짓이 없다니

빛은 터무니없이 잘 꺾이고 온갖 잡것에 스며든다네

정직한 것처럼 보이는 얼굴은 마음을 속일 줄 안다네
그리고 띄엄띄엄 신중한 듯 별의별 글도 쓸 줄 안다네

잇몸이 부어오른 별
손톱 끝에 고름이 터져 나오는 별
공사판 끝에 대롱대롱 매달린 별
무너질 듯한 침대에 누워있는 별
공사 중 아파트 가장 높은 층에 깜빡이는 별

"응... 그래 별로 생각 안 해봤어..."

비구름 섞인 밤하늘을 보면 가끔 별로인 별이 보인다
존중되지는 존중돼지라고 읽히기도 한다
존중되어지는 별로인 별은 살아있다는 호흡에 대한 매질이며
학대의 방식이며 암흑의 찐팬이며 스매싱으로 이어지는 아동
학습학대다 돈벌이의 별이다 낭만은 여기까지 그래도 찐별은
어디서나 있다

어둠 속 손가락은 하염없이 없는 얼굴을 쓸어내린다
숫자가 주렁주렁 매달린 고름 주머니여

참회록 43
- 순삭

　순산으로 코끼리 다섯 마리 낳았습니다 말이 순산이지 정말 찢어지는 고통에 죽을 지경이었지요 그렇게 낳아야 태아와 산모에게 좋다 하니 그리했지요 사회의 전반적인 분위기가 좋은 게 좋다는 거였지요 누군가가 죽어 나가도 말입니다 자신들이 아니면 되었지요 다행히 저는 살아남았습니다 운이 좋은 거였는데 당연하게 생각했지요 그때 얻은 치질은 기본이구요 육아와의 전쟁도 기본이구요 독박은 예사지요 육아독박영화를 보다가 맘충이가 되어버린 나라는 존재를 보다가 영화도 물 섞는구나 싶더군요 희석되었잖아요 얼마나 심한 육아독박인데요 저 정도로.. 약해요 약해 자, 내가 한번 펼쳐볼까요 초라한 암컷공작새의 평생을요 겪지 않았으면 말하지 않아요 겪었으니 말할게요 다 말할게요 호흡에 도움될 거예요 양산 통도사 계곡 흐르는 물처럼 맑고 순한 햇살 한 줄기 그래도 힘내고 있고 그래도 비추고 있고 어, 어, 퇴근하고 출근한 옷 입은 채 쌀 씻어 안치고 아기 똥 기저귀 갈아주고 어, 어, 내 귀, 내 귀 간지럽고 귀이지 스믈스믈 흘러나오고 그러다 순삭, 순간 삭제되었어요 사라지고 말았어요 길 걸어가다 초열흘과 초하루 달의 뒷면을 보아요 순삭, 순산하고 버러지처럼 버려진 당일의 소모품이 되어버린 순삭, 달의 그림자 치어다보아요

참회록 36
– 수능 치는 날 20211118

지푸라기 아이들이 택시를 타고 달려갑니다 지푸라기 흰 마스크를 쓰고 달려갑니다 지푸라기 바지를 입은 나무들도 달려갑니다 지푸라기 검은 마스크를 쓰고 달려갑니다 지푸라기 경찰들도 달려갑니다 꼬끼오 꼬꼬 닭을 안고 달려갑니다 지푸라기 군인들도 달려갑니다 달고나를 저으며 달려갑니다 지푸라기 새들은 안개 속으로 달려갑니다 지푸라기 수험표를 달고 달려갑니다 지푸라기 안과 의사가 달려갑니다 보도블록의 찢어진 왼쪽 눈을 꿰맵니다 지푸라기 변기에는 죽은 아기들이 떠돌아다닙니다 지푸라기 늪에는 우울증의 탯줄이 엉켜 있습니다 지푸라기 질경이들은 길가에 알을 낳습니다 씻기고 입히고 먹이고 지푸라기 부스터샷을 꿈꾸는 지푸라기 이상 국가입니다

참회록 33

　외로움이 깊어간다라는 말에 도전장을 던졌습니다 창을 들고
절벽 끝으로 달려갑니다 사방은 투명방탄거울 던진 창은 나에
게로 돌아와 뒤통수 깊숙이 꽂힙니다 이런 바보짓 할까요 결론
부터 말씀 드릴게요 이런 바보짓 하지 않아요 나를 위해 걸어
요 나를 위해 밥 먹어요 나의 실수 인정해요 허방에 디딘 헛발
인정해요 밤의 화단에서 구토하고 있는 고등학생 생수 한 병 사
다줘요 나의 구토 기억해요 온 몸에 붉디붉은 커다란 두드러기
버스 타고 가다 내려 토하고×3 집에 오긴 왔지요 비는 왜 그리
도 주룩주룩 내리던지 프란체스코 교황 앞에 붙어있는 마리아
사진이 울고 있어요 엄마는 마리아 죽은 엄마는 마리아÷3 엄
마 울지 말아요 마리아 울지 말아요 경력단절, 독박육아, 나르
시시스트 인형들이 밤마다 꿈에 나타나 췌장에 빨대를 꽂고 꾸
역꾸역 혹은 날렵하게 즙을 빨아먹어요 그렇게 죽어가요..그렇
게 죽어가요..그렇게 가련한 한 인생이 죽어가요...마리아 울지
말아요 마리아 울지 말아요 엄마 울지 말아요..나르시시스트와
함께 살아가는 사람들 넘 아름다워요 엄마..아름다워요..마리
아 마리아 마리아 말이야 말이야 새벽의 비염은 굉장해요 코를
댕강 생강

참회록 32

&

첫눈이 내렸다 까마귀 두 마리가 내려왔다 갈색 깃털 새가 내
려왔다 개 두 마리가 멍멍 짖었다 은행마다 규제로 대출이 어
렵다고 했다 첫눈이 사라졌다 언제 내렸냐는 듯 깨끗이 사라졌
다 열심히 일한 직장에서 돈 한 푼 받지 못하고 쫓겨났다 홀라
당 쫓겨났다 길에 앉아 오줌을 누는 꿈을 꾸었다 석류나무 밑
에 뜨거운 혀를 묻었다 2050 탄소중립을 향한 저탄소 국가 사
람들이 요소수를 사기 위해 줄을 길게 섰다 방광이 아프지도 않
고 사라졌다 해운대 바다에는 석탄 무덤이 빙산처럼 떠다녔다

&

정원 아래에서 담배 냄새가 올라왔다
환경부가 낙엽을 빗자루로 쓸고 있다
우울증에 시달리던 주부가 아이 둘을 끌어안고 고층아파트에
서 뛰어내렸다
E에메날드 햄버거 가게 변기 속에 신생아가 죽어 있었다
비가 애매하게 내리는 날이었다

&

독수리 우산으로 새의 뒤통수를 휘갈기고 날아간 새가 유치
장에 들어갔다 같이 뒤통수를 친 새들이 깃털에 얼굴을 묻으며

흐뭇한 소주를 마셨다 인간침대를 사느라 이케아는 발 디딜 틈
이 없었다 흰 소파는 달력을 어깨에 견장처럼 매달고 인조인간
처럼 걷고 있다 신제품이다 소피는 소파수술을 하고 소파에 누
웠다 붉은단풍훈장이 가로의 운동화 속을 비집고 들어온다

참회록 31

길이 막히고 사람들은 울타리를 뛰어넘었습니다 차를 버리고 먹을 것을 허리에 단단히 매었습니다 단풍은 지독한 악성물질을 내뿜었습니다 아이들은 웃다가 죽어갔습니다 어른들은 실성한 채로 단풍나무에서 자라는 벼이삭을 뜯어먹습니다 실성은 단풍처럼 깊어갑니다 하늘은 거대한 독 내뿜는 연둣빛 청개구리입니다 사람들이 맑은 물을 원할 때마다 독 섞은 물을 내려줍니다 달게요 아주 달달하게요 사람들 눈동자 썩어갑니다 혀 썩어갑니다 코 떨어져 나갑니다 그 자리에 로봇 새끼 청개구리들이 자라납니다 가상의 독을 내뿜는 기술부터 배웁니다 땅의 아이들에게 간을 달달하게 하는 조작술을 체리와 함께 던져줍니다 로봇 새끼 청개구리들의 체리 피킹이 벌어집니다 세상은 갑자기 검은 소낙비가 쏟아지듯 붉은 폭설이 쏟아지듯 썩은 이빨의 체리와 탐스러운 이빨의 체리가 쏟아집니다 강에 가면 강이 있고 산에 가면 산이 있었던 땅은 온통 체리의 달달한 독극물 효소입니다 체리의 독소가 지옥의 억새꽃처럼 치렁치렁 피어납니다 성철 스님 이만 관에 들어가시지요 이민국에서 불법사찰 나왔습니다 급한 검문은 금물입니다

참회록 30
– 입동

메스로 내 얼굴을 내가 긋습니다 피 한 방울 없습니다 뇌를 자르고 전두엽과 후두엽과 해마를 꺼내 우적우적 씹어 먹습니다 피 한 방울 없습니다 애당초 나는 없습니다 없는 내가 없는 나를 우적우적 씹어 먹습니다 씹는 소리가 맑고 청아합니다 노루 풀밭 뛰어다니는 소리입니다 철없는 숨소리는 알아서 종식되지 않았습니다 철대문이 피범벅입니다 추위도 알아서 찾아옵니다 김참 시인은 해설을 참 잘 씁니다 김참 시인은 시도 참잘 씁니다 김참 시인은 송진 6시집 해설을 정말 진심 참 잘 썼습니다 비폭력의 언어는 비폭력의 언어를 봅니다 AI의 손과 발로 처리되는 사물의 겹쳐침의 노동의 아픔과 인간의 일방적 시선에서 명명된 사물에 대한 이름의 폭력을 김참 시인은 놀랍도록 시의 내장의 근육을 꿰뚫어봅니다 비폭력의 해설은 비폭력의 아름다움을 지닌 펜의 힘입니다 펜의 에너지입니다 펜은 문구점에 들러 값싸게 구입할 수 있습니다 초등학교 교문 앞 떨어진 연필을 주워 쓸 수도 있습니다 펜은 넘쳐납니다 그러나 누구나 아무나 펜을 잡고 무의식을 쓰지는 않습니다 입동은 문을 활짝 열었습니다 펜 나누어드려요 펜 나누어 드립니다 때론 노동에 찌든 아이처럼 구슬프게 때론 배부름에 넘친 아이처럼 기쁘게 2021년 11월 18일 오전 8시 40분부터 오후 5시 45분까지는 2022년 대학수학능력시험 입니다 입동으로부터 D– 11입니다 책과 걸상 사이에 낀 볕뉘는 비폭력입니다 컨테이너 부둣가 볕뉘도 비폭력입니다 없는 내가 없는 뇌에게 말했습니다

참회록 18

검은 콩을 뿌리는 날이면 새들이 창가에 날아와 노래했다 유
효기간이 지난 쌀과자를 뿌려도 새들은 창가로 날아와 노래했
다 그들은 머리 나쁜 새들이 아니었다 콩깍지 눈에 덮어 쓴 새
들은 더더욱 아니었다 그들은 지상의 한 생명을 살리기 위해 눈
만 뜨면 창가로 날아와 아름다운 목소리로 노래했다 새소리 풀
이해주는 애플리케이션을 다운 받았다 인간의 목소리로 풀이
한 앱의 목소리는 이러했다 지심공경례 지심공경례 지심공경
례 마음을 다해 공경합니다 그 앱 목소리를 들은 한 마리의 새
는 감격했다 그래...살아보자...오늘도...제...발...살...자...
간절한 목소리가 허공을 향해 참았던 피눈물처럼 터져 나왔다

참회록 4

난꽃은 등을 보이며 핀다 굽은 순국의 등 현충일은 그렇게 지나갔다 굽은 순결의 등 개천절은 그렇게 지나갔다 모든 것은 흘러간다 알 수 없는 방향으로 모두를 애태우는 바람의 방향으로 난꽃은 세 송이 난꽃은 네 송이 꽂아 너는 피어날 때 가장 아름다운 부처인가 가장 성스러운 마리아인가 십자가에 매달린 형국의 예수인가 꽃의 그늘은 없고 꽃의 향기는 은은하고 린넨 셔츠에 얼굴을 묻는다 흙 묻은 대파 다섯 단 머리에 인 자갈치 아줌마 지나간다 낙엽 물든 나무 밑둥 뭉텅 뭉텅 피어난 버터 버섯들이 서로의 이마에 별을 낳은 상처에 파란 소독약을 발라주고 있다 별은 꿈틀거리는 아기를 일곱 낳았다 어미 고양이가 왜 예민하게 세 개의 눈동자를 두리번거렸냐면 아기 고양이가 바싹바싹 입마름병처럼 뒤따라오기 때문이다 너무나 어여쁜 별들이 폴짝거리는 새벽, 나는 별로 인해 태어나고 별로 인해 잠든다 인해는 여전히 내 편이다

참회록

우글거리는 벌레 속에 알몸으로 누워있다 벌레들은 눈으로 입으로 질로 구멍마다 가득 찼다 전생에 뭘 하고 살았느냐고 하늘에서 번개 같은 소리가 들려왔다 아이 셋과 강아지 둘을 키우며 보따리 강사를 하며 교정을 보며 물 먹으며 물에 미끄러지며 살았다고 했다 지금은 살기가 어떻냐고 천둥 같은 소리가 들려왔다 지금 보다시피 다 뜯기고 구멍만 남았는데 그 구멍마저 벌레로 가득 찼고 그 벌레들이 너무 사랑스러워 진물마저 내어주는 중이라고 없는 혀로 말했다 알몸의 전생과 전전생을 거울로 지켜보던 지옥의 집의 펄렁이는 거대한 두 귀가 말했다 옥화난이 필 때는 말없이 피나 질 때는 셀 수 없는 물음표를 집 안 곳곳에 심어두고 떠난다고 배가 고프다고 했다 오른쪽 어깨에 모더나 백신을 놓아주었다 그걸로는 허기가 채워지지 않는다고 울지 않고 말했다 왼쪽 어깨에 모나리자를 놓아주었다 알 듯 모를 듯 희미한 미소들이 희뿜염 아일랜드 안개처럼 안거를 시작하고 말라붙은 검은 피딱지를 꼬리에 매달고 의족을 하고 있는 붉은허벅지말똥가리 펼침막을 산문에 내걸었다 슈크림은 원래 슈크림인거야 크림을 채워 넣지 않았으니 그냥 슈라고 불러줄래? 간신히 남아있는 희멀건 눈알의 핏줄을 터뜨린 지옥과 천당 사이 토끼 눈알 같은 첫눈이 쏟아졌다

0시역

　– 아프가니스탄역

　역에 내리면 부르카 쓴 여인들이 오간다 팔개월 태아 임신한
여성 경찰 오간다 부르카 쓴 여성 아나운서 방에 갇힌다 그런
구름들이 뿌옇게 안개처럼 떠다닌다 진실일 것 진담일 것 사랑
일 것 그런 청음들이 모두 악이 되는 순간들 내가 계단을 내려
가면 내 아기가 계단을 내려가고 내 아기가 계단을 내려가면 내
아기의 아기가 계단을 내려가고 내가 계단을 오르면 창칼이 창
자를 쑤시는 기이한 현상이여 흙집 속 텔레반이 느긋하게 앉아
아교성 짙은 장난감을 내민다

4월

"상육上六은 말을 탔다가 내려서 피눈물을 흘린다."

이천 년 전의 그가 당도했다 온 몸에 붕대를 풀어헤치고 그의 귀는 단정했으며 그의 눈은 해맑았으며 그의 뇌는 더 화려한 왕관을 쓰고 있었다 더 화려한이라니… 그럼 나는 이천 년 전의 전의전의 그를 본 최초의 인간 그는 뱀이었으며 그는 사탄이었으며 그는 선악의 복숭아나무 악이 사라지자 악마가 나타났고 악마가 사라지자 마귀가 나타났고 마귀가 사라지자 마구간의 아기가 태어났다 열 세 개의 별 열 세 개의 달 열 세 개의 선긋기 살 수 있는 사람들은 실수를 거듭하며 살아남았고 죽어야 하는 사람들은 기꺼이 죽음을 택했다 특히 창가에 잽싸게 도둑처럼 뛰어내리며 죽는 것 대유행의 전차였다 말은 달린다 말과 함께 단정한 귀는 달려도 단정한 귀일 뿐이며 어떤 합방도 통하지 않는 불굴의 역마살이 도사리고 있다 8.15 광복절에 태극기가 바람에 흔들린다 저 바람은 이천 년 전의전의전의 바람 바람을 등에 지고 떠난 자는 당나귀의 귀가 되고 노루의 기다란 다리가 되는 시대인가

＊주역占/ 한국인/ 대원사/ 115p

빙하의 장례식*

큰 목소리를 내지 않기로 했어 작은 목소리만으로 충분히 아름다우니까 앞 유리창은 시시각각 몸을 바꾸고 있어 죽은 개로 달리는 시체로 피투성이 소녀로 어쩔건데 대놓고 깔아뭉개고 있어 잠시 미쳤나봐 큰소리를 내야지 그래도 알려질듯 말듯한 만행들 보일듯 말듯한 폭력들 뭘하고 있는 거니 목소리들아 목소리를 내자 목소리를 내자 영기차 영차 염라대왕 염치도 없어 숲풀에 숨네 어찌 이대로 잘 살았을까 명줄도 길어 산게 산게 아닌데 다들 잘 살았다고 하네 수국잎은 까맣게 시들고 빨간 우체통은 9월에 우뚝 서 버렸네 운명이 되어 버렸네 주황빛 얇은 점퍼 입은 보름달 시퍼런 한쪽 다리 절며 음력 팔월 한가위 이틀 지난 참되고 참된 거리 거짓 없는 명백한 거리 걸어간다네 하하하 하하하 하하하 하하하 태풍에 귀 잘려나간 눈먼 나뭇가지 더 가난해지는 연습 중이란다 푯말 내걸고 자꾸 웃네 자꾸 더더더더더 웃네

* 알프스의 피졸 빙하가 사라지게 된 것을 추모하는 상징적인 의식

83

Ⅲ. 참회록

참회록 81
– 설날 꿈 20220201

　누가 나에게 맛있는 밥상을 차려주었다 산해진미가 가득한 밥상이었다 한 번도 아니고 두 번씩이나 그런 밥상을 받았다 물고기가 금반지를 뱉었다 중지를 잘라 초고추장에 찍어먹었다 그렇게 반복하다가 잠이 들었다 눈을 떴다 설날이다 그렇게 설날이 나에게 왔다 떡국을 끓이고 햅쌀을 씻었다 상을 두 번 차렸다 그렇게 맛있는 밥상이 나에게 들어왔다 나는 나를 들고 오봉산 계단을 오른다 헉헉거리며 비틀거린다 아직 새해라는 생각을 했다

참회록 82

　나뭇가지가 쑥쑥 자라더니 새들을 낳았습니다 가지가지마다 새들이 자랐습니다 노랗게도 자라고 빨갛게도 자랐습니다 부리도 눈알도 없는 새들이 잘도 지저귑니다 잘도 마른 열매를 쪼아 먹습니다 인간이 새의 손을 잡고 지나갑니다 새가 강아지를 안고 지나갑니다 구름은 떡꾹떡꾹떡떡국 지저귑니다 둘이 싸웠어? 새들은 메추리알을 없는 부리로 굴렸습니다 고생 끝에 낙이 온다고 정말 고생 끝에 낙이 왔습니다 생 나뭇가지가 끊임없이 새를 토하고 있습니다

참회록 28

　참회기도 합니다 하루도 쉬지 않고 하루 세 번 참회기도 합니다 하루 세 번 밥 먹습니다 하루도 쉬지 않고 하루 세 번 밥 먹습니다 일회용품은 쓰지 않기로 합니다 헬멧도 없이 오토바이를 타고 달리는 사람 위해 기도합니다 제발 다치지 마세요 날아다니는 새들이 어깨에 날아와 내 팔을 물고 달아납니다 하루 세 번 꼬박꼬박 물고 갑니다 내 팔은 다시 자라고 자라 오봉산 넘고 수영강 넘고 팔도강산 넘고 금강산 새떼 날아갑니다 훨훨 날아갑니다 하루 세 번 세면합니다 하루도 빠지지 않고 날아가는 새처럼 삼각주 하늘가에 세 변의... 세 면의... 끼룩 끼룩......

참회록 70

초미세먼지로 바깥은 흐리고 깜깜하다 장산 능선은 희미하고
가느다란 아가미로 간신히 호흡하는 소리가 들린다 새벽마다
눈을 뜨면 사물은 살아있고 나는 죽어있다 나는 유령이 되어 금
정산과 태종대를 맨발로 걷고 있다 죽은 시체를 꺼내어 뼈를 씹
어 먹기도 하고 혀를 뽑아 목에 두르기도 한다 첩첩산중 죽음
은 쉬 끝나지 않는다 끝났다싶으면 이번에는 불타는 강물이다
온몸이 불탄다 활활 타고 나면 또 하나의 내가 다시 불의 강을
건너고 있다 허우적거리지 말아야 한다 10008번 물에 빠지면
다시 인간의 몸이 된다 인간의 간만 골라 빼먹고 빈껍데기를 쓰
레기하치장에 버리던 그도 여기 와 있다 귀와 입술과 코가 잘
린 채 울부짖는 귀신들이 강가에서 북을 두드리고 있다

참회록 55

꿈에서 계란 노른자위가 나타나 서가를 어지럽혔습니다 서가에 숨어있던 P가 선글라스를 쓰고 나타나 자신이 천상의 선녀라고 큰소리로 떠들었습니다 그 입 다물라 시끄럽다 덩치가 산만한 아기가 벌떡 일어서서 이렇게 말하고는 죽어있는 엄마 젖꼭지에 목을 매달고 펑펑 울었습니다 뭔 일인가요? 오래전 훈육 티칭 교습소에서 만났던 아기 엄마가 백발이 되어 해골 같은 문을 삐걱이며 들어왔습니다 커피는 뜨거웠고 맥문동은 축 늘어졌습니다 서가의 책들은 헬리콥터처럼 맴돌고 있는 구슬 회전문에게 날아들었습니다 해안가 노란 죽순들이 피어오르는 안개로 더 아름다웠습니다

참회록 37

　이건 순서가 아니다 사랑이 있고 사람이 있다 늑대가 있고 개가 있다 운동화가 있고 슬리퍼가 있다 좌뇌가 있고 우뇌가 있다 경찰이 있고 수험생이 있다 담요가 있고 펑펑 우는 수험생이 있다 택시에서 뛰어내려 인대가 찢어진 수험생이 있다 코로나 방역복 입고 온몸 땀 젖은 시험 감독이 있다 보름달이 한 발자국 뒤에 서 있다 별들이 온몸으로 뛰어든다 쨍그렁 ― 소리 없는 별들의 부서짐이여 오늘도 별들의 부스럼 속에서 잠든다

참회록 26

피가 사방으로 튀었다 그가 태월당으로 뛰어들었다 소들이
흩어졌다 버스 안 멍키들이 유리창으로 뛰어내렸다 이봐 이제
멈추기에는 너무 늦은 밤이지 그냥 갈아엎어 그는 시체를 끌고
다니며 시간을 멈추지 않는다 알몸으로 달리던 택시가 시간과
정면충돌하였다 이화도화와 모녀포차를 지날 때쯤이었다 길에
는 노란 낙엽이 대장간 호미처럼 무성했다

참회록 23
　－ 숀

　밤새 대상포진의 꿈에 시달리다 산을 오른다 한발 두발 네발
세발 네발 내발 세 발의 피였던 당신의 아픔도 들여다보면 삼
세 번의 핏덩이 죽었다 깨어난 흙 속의 핏덩이 생명의 질김에
두 손 들었다 또한 살려고 할 때 물거품처럼 사라지는 생명의
색맹인자 산속의 고양이가 나를 보고 움찔 멈춘다 딱따구리가
열매를 쪼다 날아간다 어느새 모과는 자라 연둣빛 날개를 매달
고 핏덩이를 낳는다 미끄덩 미끌어지는 세계에 대한 수습은 숀
만 하나 숀! 손만 하나!

참회록 47

나는 나가 아니어서 나를 부르지 못하고 나는 나가 아니어서
사용목록을 찾지 못하고 나는 나가 아니어서 숨죽이고 나는 나
가 아니어서 발가벗겨 태형에 처해지고 나는 나가 아니어서 즐
겨 먹는것이 무엇인지 모르고 나는 나가 아니어서 아기를 천 번
이나 낳다 죽고 나는 나가 아니어서 질퍽질퍽한 운동화 저승길
오르내리고 나는 나가 아니어서 아기어서 아기여서 어서어서
흔들다리 나는 나가 아니어서 숨 막혀 죽은 박달귀신 나는 나
가 아니어서 아니오서 아니오셨어 오징어게임 나는 나가 아니
어서 박찬욱 사진전 나는 나가 아니어서 해골요강 나는 나가 아
니어서 이니셜 사후 경직 찐 판다 판더 너 판더 판다구

참회록 44

새가 자주 찾아옵니다 어제는 눈붉은오두막새가 오늘은 꼬리
푸른수막새가 찾아옵니다 검은 콩 한 줌 마른 나뭇가지 사이로
획- 검은 콩 한 줌 압력밥솥에 획- 사이좋게 나눠먹습니다 틈
많은 겨울나무는 나를 닮았습니다 참 튼실하게 잘 생겼습니다
나무는 손가락이 길죽한 컵을 어루만집니다 나무는 병든 거울
을 어루만집니다 나무는 겁먹은 거북이를 어루만집니다 새가
찍- 똥을 갈깁니다 새 아래로 체감온도 민감성 세포들이 웅크
리고 걸어갑니다 만화책 속에는 우주와 싸워 이기는 지구의 파
병 싸움꾼 이야기뿐입니다 삼겹살 속에는 비련의 주인공 이야
기뿐입니다 일과를 마치고 나면 잠자는 자리가 정해져 있습니
다 타원형 지구에서는요

참회록 35

　어제는 산에 올라갔습니다 갈색얼룩줄무늬 고양이가 자꾸 뒤
돌아봅니다 가다가 서서 또 뒤돌아봅니다 벌써 네 번째입니다
산 아래는 바다입니다 뻘밭입니다 사람들이 간혹 산책을 하며
팔짱을 끼거나 어깨동무를 합니다 해가 높이 떠있거나 가라앉
거나 다시 태어나고 있습니다 개들이 솜사탕 앞에 줄 서 있습
니다 비둘기들이 몰려와 모과나무에 깃듭니다 한 아이가 신발
을 벗고 산의 연못에 깃듭니다 연꽃이 하염없이 피었습니다 뻘
밭의 사람들이 산으로 올라옵니다 새로운 웹툰의 등장인물처
럼 장화를 벗습니다 운동기구를 돌립니다 팔운동을 합니다 윗
몸 구부리기를 합니다 그사이 갈색얼룩줄무늬 고양이는 사라
지고 안개는 애당초 없었습니다 겨울초입인데 햇살은 봄처럼
따스합니다 담쟁이넝쿨 초입은 붉습니다 내일은 11월 셋째 주
18일 목요일 2022학년도 대학수학능력시험 치는 날입니다 화
이팅입니다

참회록

― 조금 전 없었던 나라처럼

토끼풀 나라에 들어갔어요 슬픔이 소귀에 경經 읽기 하는 나라 눈썹은 핫하고 눈곱은 죽었어요 검은 강은 더 어두워졌어요 뭔가 번쩍 튀어 오르기도 하는데 오르간은 아닌가봅니다 오르골은 더더욱… 눈 먼 토끼가 제일 빨리 뛰어요 어땠어요 당신 어땠어요 나 어땠어요 애인 어땠어요 주전자 물이 줄줄 새어요 범종은 산 중턱에 앉아있어요 밤마다 빨간 십자가가 번갈아 나타나요 오래되어서 좋은 건 유령의 모험담 바람이 불자 토끼풀들이 깜빡 고개 숙여요 마치 조금 전 없었던 나라처럼 모든 건 지나갔어요(지나갔군요) 모든 건 지나갔군요(지나갔어요) 그래서 모든 건 목숨 건 지나갈 경이로움이군요

참회록 12

사과껍질을 염주처럼 먹고 있어요 가을바람은 환풍기를 들썩거리구요 빈 접시는 침대를 생산하고 있습니다 그윽한 침대들이 눈처럼 뛰어내리고 있어요 어린 연인들이 교복을 벗고 운동화를 벗어요 자 뛰어요 누가 저 계수나무 등 뒤를 돌아오는지 오, 눈동자여 벌건 눈알이 태양의 곁에서 울고 있어요 오, 입술이여 검은 동굴의 교향곡이 그대를 맞이하고 있군요 이번 생 잠시 살다가는 줄 알아요 팬티에 소라빛 고무줄을 넣어요 느. 슨. 하. 게. 염주는 사과를 낳아요 교향곡은 행진을 낳아요 얇은 토스트기에 굵은 식빵은 3분이면 바삭해요 아메리카노 한 잔에 재즈 두 곡 참 좋군요

참회록 62
— 202112291055

슬픔을 무릇무릇 키워 슬픔을 무릅쓰고 슬픔이여 안녕 슬픔
의 키가 자라고 슬픔의 키워드가 자라고 무릇무릇 벼 무릇무릇
보리 무릇무릇 조 무릇무릇 새 사랑스런 슬픔들의 조합이 무기
수처럼 징역을 사네 한줌 햇살에 감격하며 (때로는 감격하려고
노력하며 그래야 살아낼 수 있지 않나) 겨울나무에 감탄의 홍
시를 던지며 뭉그러지고 말 육체들은 잉크의 말을 거듭 태어나
게 하고 대단하지 않아요 산다는 건 정말 개 같은 시詩라는건
증말 증발되지도 않는 것이 종말의 끝을 달리네 징벌된 장발장
촛대뼈 까인 은촛대 그래 그래 아직 괜찮아 토닥토닥 슬픔아 은
모래 금모래 한줄기 빛처럼 가느다란 손바닥으로 쓸고 누워 자
자 누워서 잔다는 건 앉아서 잠들 수 없다는 것보다 큰 광명이
지 아작이지

참회록 54

　세상은 수박을 꺼내들고 수면 위로 나왔지 수면 위에서 수면
을 착취하는 자 꿈속을 헤매고 있구나 소장은 대장을 지나고 대
장은 항문을 지난다 별의 위신은 자주 깎이라고 있는 것이다 혀
꼬부라진 것들이 자주 떠든다 뭐시라꼬 니 죽어볼래? 결국 정
직은 몰매 맞아 죽는다 이딴 것.. 세상의 아름다움들.. 또한 고
요함.. 몰매 맞아 죽는다.. 나 죽어요 나 죽어 큰소리도 내지 않
지만 작은 소리를 낸다한들 풀들만 민첩한 개처럼 으르렁거리
고 주변을 둘러볼 뿐 착취하는 자는 영원히 착취한다 착취가 착
한 자들이 하는 것이라고 굳게 믿고 풀뿌리까지 착취한다 물 없
는 호수가 물대라고 성화다 곧 크리스마스이브다 산타야 내가
기름 이끼 자라는 곳에 데려다줄까

참회록 51

이제 맑은 물로 건너왔지, 맑음조차 없는 것이지만 혼탁의 계절보다 맑다고 착각하지, 착각조차 없는 것이지만 쫓을 매가 없는데 쫓을 매가 있다고 가두리시장처럼 착각하지, 누가 매를 명령했는가, 누가 매를 청동상으로 지어 허공에 매달았는가, 매타버스*의 세계는 어떠했나 평화시장은 평화로웠나 아름다운 혼령들이 부케에 속았니 부케 속에 숨죽여 들어있던 목화솜들이 부캐*를 뒤집어쓰고 아바타처럼 렌즈 앞에서 인터뷰 중, 슬그머니 모든 건 고개를 들기 시작하지, 차박은 차에 녹슨 못처럼 박혀 있다는 거지, 녹슬다는 것은 빛나는 거지, 빛나는 것은 본래 없는 것인데 본래 있다고 믿으면 동쪽에서 녹슨 별이 맑은 못대가리로 불쑥 솟아오르는 거지, 사람이라는 사전적 의미는 2548~4879pp 사나우나 사납지 않은 괴물의 숲. 옛다, 네 부캐 값 메타버스 값!* 욕심 부리면 구토 욕심 버리면 맑은 물 부-부-부- 폭염에 부어오른 고릴라 팔을 파먹고 사는 날씨의 발톱이 말했어 이렇게 간단한 거라면 얼마나 좋겠니 사격 정지당한 사람아 데미안 아주머니는 흙정지 바닥에서 삼베 행주로 휘-휘- 소리 내며 설거지한다 구박 받던 동서 학추추 아주머니가 옥수수 삶아 놀러온다 진정한 메타버스는 우리의 기억 속에 존재하지

* 매일 타는 버스
* 부캐릭터
* metaverse

참회록 41

  언제쯤 자비로워야 한다 생각 없이 자비로울 수 있을까요 언
제쯤 한 가지도 헛된 상相없이 자유로울 수 있을까요 나는 나가
아닌데 자꾸 나라고 합니다 너는 네가 아닌데 자꾸 너라고 합
니다 몽상의 시간들이 식물의 줄기를 잘라먹고 있어요 새벽 문
앞에서 12월이 푸른 장화를 신고 기다리고 있어요 불면의 얼굴
을 감싸던 두 손이 흰 눈에 파묻혀 있어요 무인 기차는 짧고 양
의 엉덩이는 핑크빛입니다 금각사에는 금이 많고 은각사에는
은이 많습니다 오른쪽 손가락 열두 개이고 왼쪽 손가락 스물네
개입니다 서른여섯 개의 해가 떼창처럼 떠오릅니다 부엌의 불
을 켭니다 뜨거운 촛농을 받아먹던 퀸의 혀가 뻣뻣한 빨래처럼
벌컥벌컥 해골의 썩은 물은 달달합니다 신음소리에 귀 막던 해
골 여관 조바문 열고 나옵니다 꿈에서조차 끔찍하게 그리워했
다던 푸른 장화 풀어헤쳐 신고 신고합니다 자비를 신고합니다
차비조차 없던 자비를 신고합니다

참회록

– 소설小雪 20211122

연둣빛 양배추가 칼을 들고 달려옵니다 오금이 저린 개는 오줌을 줄줄 쌉니다 사마귀가 펑펑 쏟아집니다 총알이 이불을 뚫고 지나갑니다 크리스마스트리 앞의 가족은 함박웃음을 짓습니다 찰칵 또 한 시즌이 지나가고 있습니다 파덜은 마덜을 부릅니다 마담은 신사를 부릅니다 마당은 신사를 위해 개방되었습니다 멍석말이도 준비되었습니다 M가인가요 G가인가요 H가인가요 찍히면 사는 2022년이 내일모레입니다 찍히면 죽는 2022년이 내일모레금모레입니다 아기들은 해맑게 미래를 눈웃음칩니다 코마저 덮쳐버린 마스크를 하구요 그래도 큰소리치는 이 누구인가요 사마귀가 펑펑 쏟아지는 날 산토끼는 산토끼의 집으로 집토끼는 집토끼의 집으로 돌아가고 있습니다 절룩절룩거리며 태양금붕어빵집 앞에는 붕어들이 뻐끔거리며 순서를 기다리고 있습니다 막장구름 막창지붕 위 힐끔거리며 지나가고 있습니다 총알이 장전되자 미꾸라지처럼 튀었습니다 파덜앤마덜이 파들앤마늘입니다 시골추어탕은 순 자연식입니다

참회록 10

새벽 2시 지구의 자전을 보고 있다 별들이 움직이고 있다 중력이 나를 흡입해버린 시월 나는 두렵지 않다 몹쓸 시詩를 쓰는 행복으로 나를 살리는 중이다 몹쓸 시 몹쓸 시 못 쓸 시여 그러나 쓴다 자나 깨나 죽은 줄도 모르고 쓴다 시체가 된 시인이여 짓밟힌 시인이여 그러나 괜찮다 시인은 짓밟히라고 있는 것이다 짓밟히고 일어서라고 존재하는 것이다 시체는 절굿공이에 짓이겨 썩은 살이 사방으로 튄다 쥐들이 모여든다 고향으로 데려가 줄게 달콤한 국자를 내민다 손목의 질긴 힘줄이 국자를 덥석 붙잡는다 애절한 시월의 꽃이, 난류의 흐름에 뜯겨나간 시체의 꽃이 피고 핀다

참회록 48

종일 그가 많아 종일 그에게 시달렸어 종일 그는 종일 그를 먹으라고 했어 종일 종알종알 빗방울 소리 종일 그를 먹었어 종일은 나에게 말했어 너는 종일 가능성이 많아 뭔 말인지 종일 알아먹을 수 없었어 종일 그의 아랫도리를 파먹느라 종일 젖 먹던 힘까지 다 써버려야 했거든 종일 그를 파먹지 않으면 종일 채찍을 맞아야했어 종일 동물 썩어가는 내장도 먹으라면 종일 먹어야했지 종일 비디오를 보며 종일 그를 파먹어야 했지 종일 뒤를 대주며 종일 빗방울 설거지를 했어야 했지 종일 캥거루 아기는 종일 시멘트 계단을 엉금엉금 기어 종일 캥거루는 석탄의 끝에서 종일 종알종알 종일 석탄 빗방울 검은 주머니 씻고 또 씻어 종일 그랬잖아 종일 가능성이 높다고 종일 무슨 말을 하는 거야 종일 종알종알 이미 종일

참회록 45
- 새벽기차

하얀 도시에 왔어요 나무, 양, 느타리버섯 하얗게 반겨줘요
터널 지날 때 검은 조화들이 줄 서 있어요 코 훌쩍이며 걸었어
요 숨 참으며 뛰었어요 칼끝에 걸려 신음하기도 했구요 칼에 찔
려 잠시 다른 세상으로 소환되기도 했어요 검은 터널과 흰 터
널이 번갈아가며 나타나요 엄지가 삭제되면 푸른 터널이 나타
나기도 해요 고개를 왼쪽으로 기울인 채 죽은 아이는 언제쯤 태
어난 아이일까요 비닐하우스가 솜사탕 같고 작은 벽돌집이 맛
있는 쿠키로 보여 엉금엉금 기어들어온 조선생은 잘렸어요 손
발가슴둔부팔다리 순서도 없이 해체되고 강가에 버려졌어요 소
각장 유령들이 맘껏 비웃어요 잠깐 있어보아요 존경심 품은 수
달처럼 경이로움이 시작될지도 모르잖아요

참회록 42
– 은행나무

　아, 다람쥐들이 몰려오네요 눈 깜짝할 사이에 감자 껍질 칼에 껍질이 벗겨지고 검은 부츠들이 밟고 지나갑니다 붉은 몸뚱이는 마대자루에 실려 질질 끌려갑니다 핏자국은 억수같은 비에 지워지고 거울은 팔짱을 끼고 곰탕집 입구에 줄 서 있습니다 반달가슴곰이 주재료인 곰탕집은 언제나 북적입니다 반달가슴곰의 부적은 웅담입니다 클리셰한 멘토들이 몰려와 웅담과 인간의 역학관계를 설명하려 듭니다 피합시다 피해요 마늘과 쑥은 지나간 지 오래 뭘 말하고 싶나요 인생의 가장 가혹한 F– F– F가 지나가고 있어요 피비린내 다람쥐를 손에 넣었어요 발에 묶었어요 아스팔트 시간이 다람쥐들의 주검이 다랑다람 너랑나랑 다정한 가혹이 흘러가고 있어요

참회록 27

　신축 중인 아파트에 불이 환히 켜져 있다 어제는 통영과 만나
고 그저께는 이순신과 헤어진 그런 일요일이었다 오늘은 시월
과 마지막 밤을 함께 지낸 11월 1일 월요일 새벽의 허공이었다
전차를 타고 용두산 공원 앞에 내리니 수많은 일본 상인들이 물
건을 팔고 있다 한성 빌딩의 벽돌은 23cm와 19cm가 섞여 윷
놀이를 하고 있다 한 개의 대빵 석류가 한국은행의 지하 금고
로 내려간다 지하로 바닷물이 밀려오고 사람들은 나무의자에
쇳덩이 침대를 올려놓고 축복의 사이렌 소리를 기다린다 투명
막으로 둘러싸인 선인장이 서로 몸을 겹치며 쇠침대 위를 뒹굴
었다 의자의 뼈는 나중에 수습하기로 했다 연이율은 옥탑방으
로 자꾸 기어 올라갔고 공항과 부두는 제각기 밀랍인형 돈벌이
에 바빴다 어두운 세기의 무대에 대역을 서기만 해도 공황장애
자격증이 손쉽게 주어졌다

참회록 19
– 탄소의 늪

　동쪽에서 동쪽을 찾았다 서쪽에서 서쪽을 찾았다 메밀밭에서
메밀을 찾듯 귀뚜라미 밭에서 귀뚜라미를 찾듯 죽음은 발이 길
어 자주 찾아들고 탄소의 늪은 깊어져갔다 나 아니래도 나를 죽
일 권총은 적재화물에 가득 실려 허공에 홍옥껍질처럼 반질반
질 길을 닦고 아, 죽음의 향은 언제나 감미로워라 어린아이가
내 입을 벌려 초코 시리얼을 가득 부었다 씹을 수 없는 지구는
계수나무를 씹는다 집집마다 문장의 효력이 탄생한다 시리얼
에 의해 초코에 의해 표백나무는 슬프다 자꾸 눈물이 눈알을 뽑
는다 데구르르 굴러가는 지구의 눈알 이제 중력은 완전히 사라
졌어 거울의 태풍을 찾아가렴 산의 침묵이 침묵의 3첩 반을 나
침반으로 가리킨다 태평양 한 가운데 거북이 목에 걸린 나무토
막을 믿어라 믿어질 것이다

참회록 11

옥화란 꽃이 세 송이 피었습니다 옥화란 꽃이 네 송이 피었습니다 탱크가 지나갑니다 총알이 쏟아집니다 습합니다 끈적입니다 피입니다 새발의 피입니다 새발톱고랑입니다 옥화란 꽃을 꺾었습니다 검은 실벌레가 기어다닙니다 분홍빛 아기들이 꽃안에 콩고물처럼 고물거립니다 고것, 참 혀를 날름거립니다 누가 누구를 향한 누구의 혀일까요 오징어 게임이 맵북에서 흘러나옵니다 아니, 저것은 동네 구슬이 아닙니까 아니, 저것은 옛날 도시락이 아닙니까 마른오징어 가면을 쓰고 함이 들어갑니다 가짜 오징어 가면을 쓰고 힘이 들어갑니다 들어갑니다 한없이 깊이 깊이 새발의 핏속으로 들어갑니다 구멍은 엉성하고 새알은 바닥으로 굴렀습니다 새발톱고랑 사이로 우뭇가사리 자랍니다 새벽 구름처럼 유연한 식품입니다 새벽 눈물을 왼손으로 닦아낸 자의 손에는 피 묻은 휴대폰이 들려있습니다 보지쿠키의 기자 송진입니다

참회록
　－ 202110060829

　나는 숨길 수 없는 시간대를 지나고 있다 벌거벗겨진 채로, 인간의 존엄성은 원래 없는 것이다, 망한 것이다, 서쪽에서 닭이 울었다, 흰 알이 툭 튕겨 북쪽으로 마차를 몰았다, 탄력의 들녘은 가을을 탄생시키는 중, 금빛 벼가 도랑의 물고기에게 젖 물리고 있다, 같은 시간대를 지나던 유령이 새빨간 거짓말 같은 홍옥 한 알을 툭, 던져주었다 씹어서는 안되지, 그 정도는 알고 있었으나, 목매단 내가, 자꾸 손을 흔들어서, 시뻘건 불에 달군 쇠꼬챙이에 시달린 몸통이, 불덩이가 되어가고 있는 중이다,

참회록 100

부끄럽고부끄럽도다어리석고어리석도다이살덩이누구에게던
져줄까동물원원숭이도먹지않네이정신누구에게던져줄까지나
가던악장도먹지않네역사의칼날은무디어져두개골을가르지못
하네역사는력사力沙가되고역시가되고홍시가되고감엿이되네맛
있는호박엿이여깨엿이여땅콩엿이여어리석은자무엇을참견할
것인가가련한인간이여가련한인간이여예약에빠진인간이여연
민의인간이여연약해빠진인간이여그러나햇살에빛나는청동처
럼강한인간이여슬프고슬픈아름다운애린인간이여

Ⅳ. 유령접목지대

물소리

새벽 세시 물소리를 듣는다 맑은 물소리를 듣는다 꿈에서 인이는 엉엉 울고 나는 서러운 물소리를 듣는다 방은 간신히 따듯해오고 몸은 아파가고 나는 새벽 세시 동박새처럼 잠에서 깨어 물소리를 듣는다 어제 들은 것 같은 그저께도 들은 것 같은 내일도 들을 것 같은 눈 밑에서 혀 밑에서 굴러다니는 슬픈 물소리 기어코 몸은 몸을 일으키고 작고 검은 관을 짠다 깊은 아름다움은 어디서 솟아나는가 누운 자리에서 맑은 샘 졸졸 흐르고 졸졸 졸음은 다가오지 않고 서러운 생각들이 힘껏 나를 꾸짖는다 이제 더 이상 물오리들의 사각사각 연필 같은 발자국 소리 들리지 않고 맑은 샘 불면의 밤 지새우다 지쳤는지 얼굴 꼬리에 묻고 잠이 든다

토끼 식당

    토끼 식당 지나간다 마을버스 토끼 가방 매달고 영재신당 지나간다 마을버스 푸른 도령 노란 댕기 매달고 정항우 케이크 지나간다 마을버스 핑크 발레슈즈 핑크 머리띠 매달고 토끼는 도끼를 잃어 다행인가 아닌가 술꾼은 술을 잃어 다행인가 아닌가 우리 주님의 교회를 지난다 마을버스 흰 두루마기 매달고 우리 집 정식을 지난다 마을버스 피 젖은 십자가 매달고 파초는 파국으로 치닫지 않아 파초잎을 건졌는가 오늘은 내일인가 내일은 오늘인가 참 기이한 두루미로세 나무아이스크림을 지난다 마을버스 눈사람 매달고 오늘도 내일도 영원도 없이 달린다 치솟는 멀미만이 흰 두루마리 휴지의 눈동자이다

이가시 13

― 동지冬至

　까마귀 깃털처럼 검은 거울 겨울 강에 두고 왔습니다 동화처럼 아름다운 흰 눈 내렸습니다만 그건 소금을 구걸하는 아이를 위한 쇼였습니다 밤새 오줌 싼 아이여 범종을 울려라 그것 또한 극단의 쇼였습니다 진실은 배꼽처럼 존재하는 것 잘린 손목은 헐벗고 굶주린 영주를 등에 업고 강을 건넙니다 영주 허벅지에 걸쳐진 한 가닥 찢긴 붉은 잠옷 강의 얼굴로 미끄러집니다 누구를 위한 쇼가 질펀질펀 더러운 눈 녹듯 이토록 진지하단 말입니까 영주는 잘린 발목의 염주를 뽑아 올려 이마 가운데 올립니다 이 정도 힘내는데 2565년 걸렸습니다 현재의 달력은 2021년 12월 22일 동지冬至입니다 동지스런 둥지스런 동지 같은 흰 새알 둥기둥기 동기부여 둥지둥지 둥지증후군 둥지둥지 허둥지둥 둥기둥기 허둥지둥 동지동지 둥기둥기둥기 동기동기동기 둥지 튼 새알 알알알 앎 알차게 둥지 뒤집어쓴 검은 강 R 흐릅니다

오른쪽을 읽다가

왼쪽을 읽게 되었다 잠시 꿈을 꾸었는데 누군가 내 옆에 있는
사람의 얼굴을 난도질하였다 생뼈가 생생한데 눈을 뜨니 시집
이 내 얼굴 옆에 굴러 떨어져 있다 다시 시집을 펼치니(펼치자)
새벽 다섯 시가 튀어나왔다 쥐-쥐-쥐-새소리가 튀어나왔다
각혈이 튀어나왔다 죽음 아닌 죽음이 튀어나왔다 아, 잠시 죽
음과 조우하고 각혈하는 사이 한 문장이 사라졌다 두 문장이 사
라졌다 이 일을 어쩐담 걱정하지 않는다 낙담하지 않는다 지금
까지 좋은 안약을 만들지 못한 건 거위의 날개처럼 잘 팔리는
비닐하우스에 밀린 낙동강 오리알 약국이 사라지는 시점 때문
이다 사라지는 오리알 약국이 동네 서점 뒤 비상구 엑소시스트
유령처럼 울렁거려 구토를 가까스로 참는다 초복 나흘 지난여
름 저녁 밥 때 지나 도착하는 안약이 있다면 이 안약이 용을 쓰
는 약발진의 용기를 준다면 (좋은) 안약을 못 만들 일도 없다고
약발진이 말한다 약발진을 약발진하는 약발진을 준다면 (좋은)
안약이 뭔지 말할 수 있기나 한 것인지... 좋은 말이야 좋은 이
때 강조되어야 할 것은 시도 아니고 좋은도 아닌데 좋은은 조
은을 낳고 조언을 낳고 김언을 낳고 이러면 말은 되지 말아야
하는 것인지 되어야 하는 것인지 짧은 장마의 코털은 뽑히고 긴
한낮의 더위가 지루하게 파도치고 쬡-쬡-쬡- 새벽의 새는 허
벅지 초록 핏줄 속에 종이컵처럼 깊숙이 들어와 있고

그의 아내가 되어 있었다

그의 아내가 되어있었다 봉, 준, 호. 사람들은 날더러 영화감독 봉준호 아내 맞아요? 누나, 어머니가 아니고? 믿을 수 없다는 표정으로 수군거린다 나 역시 내가 어색하다 내가 그 유명한 영화 기생충의 감독 아내라니! 그런데 그의 아내가 분명하다 그는 검은 셔츠에 푸른빛 넥타이를 매고 출근 준비를 한다 나는 어린 아기를 안고 현관문 앞에서 그를 배웅한다 거울을 보니 나는 상당히 젊어져 있다 아, 맞구나 봉준호 아내 나는 나에게 의심을 품는다 내가 어떻게 그 유명한 사람의 아내가 되어 있지? 그도 가정이 있었을 텐데 참 알 수 없는 일이다 그는 내곁에 있고 나도 그의 곁에 있어 사람들은 아, 맞네 그러면서 지나간다 나는 아기를 안고 아파트 내 산책을 간다 그러다 한 이웃을 만났다 자기 집에서 차 한잔하자고 했다 그 집에는 내 아기 또래가 놀고 있었다 아기 둘은 잘 놀았다 동네 사람들이 우르르 몰려와 봉준호 아내 맞아요? 묻는다 언니, 엄마 아니구요? 거울에 비친 나는 아직도 젊다 그가 퇴근길에 나를 데리러 와 사람들은 맞네 봉준호 아내 맞네 한다 다시 장면이 바뀌고 나는 아기를 안고 혼자 아파트 내 산책을 한다 어떤 여자들이 아파트 내 복도 긴 소파에 앉아있다 어떤 여자 한 명이 이 아파트는 빚을 안고 사야한다고 한다 나는 이 아파트를 사서 들어왔는데 그런 사실을 전혀 몰랐다 그럼 저도 빚을 안고 산건가요? 어떤 여자 한 명이 그렇다고 했다 어떤 여자들은 뿔뿔이 흩어지고 어떤 여자들은 어떤 여자 집에 차를 마시러 가자고 했다 나는 아기를 안고 어떤 여자 집에 갔는데 화장실에 너무 가고 싶었다 똥이 한 덩이 팬티에 흘러 떨어진 것 같은 느낌이었다 화장실이 어디냐고 물으니 어디라고 했다 어디 앞에 서서 문을 여니 어떤 밍크코트를 입은 여자가 서 있고 왼쪽은 화장대가 놓여있다 여기 화장실 맞아요? 여자는 맞다고 했다 여자는 내가 아는 사람과 닮았다 여자가 나가고나니 오른쪽에 화장실 변기가 보였다 화장실 변기는 목욕탕처럼 타원형으로 아주 컸다 앉으려고 보니 젖어있고 똥, 피 같은 얼룩이 묻어있어 지저분하다 이 집은 참 신기하다 화장대 위로 큰 거울이 있고 화장대 의자에는 이 집 주인이 옷을 급하게 갈아입었는지 옷이 두어 점 떨어져 있고 구석에는 밍크코트 같은 외투들이 뭉쳐져 박혀 있다 그리고 흰 변기는 이렇게 크다니! 나는 변기에 앉아 볼일을 보고 싶었다 변기 위에 놓인 지저분한 얼룩 시트를 걷어 내고 새 일회용 종이 시트를 깔았다 그리고 변기에 편안히 앉는다 여기는 모든 게 참 잘 되어있다 위로 보니 1회용 변기 시트 하얀 종이도 넉넉하다 이런 곳도 다 있구나 그런 생각을 하다 그런데 언제부턴가 내 아기가 보이지 않는다... 내 아기를 어디다 두고 온 거지...? 나는 아랫도리를 벗은 채 욕조처럼 물이 철철 흘러넘치는 커다란 타원형 흰 변기에 앉아 내 아기 생각을 골똘히 한다

금목서의 눈

  네모를 찾아 떠난 나비 한 마리 네모만 보였다 네모 형광 간판 네모 흰 트럭 네모 아지랑이 네모 어린이 네모 나비 네모 새 네모 발판 네모 핀 네모 시금치 네모 갈치 네모 거울 네모 슬리퍼 동그라미 찾아 떠난 나비 동그라미만 보였다 동그란 지갑 동그란 직장 동그란 사람 동그란 손 동그란 마음 동그란 배꼽 동그란 등 동그란 발 동그란 귀 동그란 트레일러 동그란 마차 동그란 지게차 세모를 찾아 떠난 나비 세모만 보였다 세모 잔디 세모 벼 세모 보리새우의 눈 세모 앰뷸런스 세모 소방차 세모 경찰차 세모 줄넘기 학원 세모 올림픽 교차로 세모 동백섬 세모 해운대 바다 세모 파도 세모 포말 그럼 진짜는 무엇인가 마음만 보면 다 보이고 마음만 먹으면 다 찾아지니 네모 안에 든 매미의 날개 한 짝 네모 아스팔트 위에서 숨을 고르는 여름 슬리퍼 같은 날개를 가진 노란 호박무늬 검은 나비, 그럼 진짜는 뭐니 마음만 먹으면 네모에서 세모로 세모에서 동그라미로 바뀌는 이 마음은 무엇이니 번개 번쩍 우박 우르릉 치는 사이 해운대 해수욕장 앞이구나 네모 사슴의 세모의 하루가 둥글게 시작되었다

폴로의 슬리퍼 53

― 상강霜降

칼 한 자루 내 옆에 있다 손만 내밀면 잡을 수 있다 칼갈이도
서랍 속에 있다 손만 내리면 열 수 있다 나를 거꾸로 매단다 손
꽁꽁 묶어 제발 아무 생각도 하지 말거라 공손한 심장이 애원
을 한다 옷을 두껍게 입어 숨이 턱턱 막힌다 흰 옷 입은 개 노
르스름 인도 사과 멀뚱멀뚱 바라본다 숨 턱턱 막힌다 너 먹을
래 너 먹힐래 개잡이는 지구를 떠났다 식견종은 희귀종이 되었
다 브라질 축구경기장에서 야성미 선수가 성미 없는 성미가 된
다 옷을 얇게 입어도 숨이 턱턱 막힌다 심장 끝을 겨누는 자의
뒤집힌 눈동자 앞에는 뭐든지 까닭이 된다 닭을 높이 매단 푸
른 철제 대문 집은 바람이 불지 않는다 에어컨을 지하 천장 밑
으로 들이는 중이다 깊이 아주 깊이 아무도 몰래 혹은 모두 빤
히 보는 앞에서 네가 뭘 하는지 다 알아 (ㅋㅋㅋ) 서리가 하강
하는 날 푸른 잔디 위에 부드럽게 곡선을 그리던 오줌발이 말
했다 (가능해? 응 가능해) 너 농약을 너무 많이 먹었나봐 신문
의 안티들이 안달이 났다

참회록 34

높은 다리 위를 걷는 꿈을 꾸었습니다 가도 가도 끝없는 하늘
길 새 한 마리 날지 않는 하늘길 손 허공에 허우적거리면 잡히
는 건 진흙투성이에 엉킨 머리카락 한 움큼 시체들의 튀어나온
눈알 간신히 엄지발가락 디디며 간신히 허공 건넙니다 유령들
이 낄낄거리며 손가락질하며 비웃습니다 얼마나 사람이 그리
운지 그들의 숨소리조차 소중합니다 유령이면 어떻고 유리면
어떻습니까 그들은 나에게 거룩하고 소중한 생명체입니다 그
들의 슬픔을 애도합니다 눈알 다 뽑힌 채 더 이상 흘릴 피도 없
는 피들의 안도의 숨소리를 들으며 이제 진정한 생명체로 태어
납니다

참회록 77

나는그를죽였다나는그를죽였는데죽은그의아기가몸안에잉태되었다나는내몸안에들어가아기를죽였다나는내몸안에들어가아기를죽였는데죽은아기가죽은나를잉태했다나는내안의창자를꺼내죽은아기에게먹인다죽은아기는이가자란다순식간에창자를먹어치운다아기는새파란똥을눈다아기는새까만똥을눈다아기는풀똥을눈다아기는풀똥을만진다아기는풀의무덤을세운다폭설이쏟아졌디아기는걷는다아장아장죽은나는죽은아기에게멀리가지마(라고말한다)죽은아기는몇발자국걷다나를돌아본다죽고싶어?응죽은아기는길가는개를불러관으로만든다들어가왜그래야해?글쎄누구나그러니까싫어?응관은좀그래알았어죽은아기는죽은쥐를먹는다맛있어?응배고파?응죽은아기의입술에서형광빛이난다밤은관을더듬고주검들은서성거린다형광등이눈처럼하얗게얼어붙었다어둠은죽은아기들을수레처럼밀고들어온다

참회록 13

　악!비명지르며꿈에서깨어남찬물한컵벌컥벌컥들이킴무슨꿈
인지기억안남어젯밤저녁굶고시작한늦은수업으로피곤했음비
틀거리며귀가함눈과눈썹주위벌겋게됨JLPT공부하는딸방입구
어슬렁거림엄마너무피곤해보여응엄마좀쉴게그랬음나는좀쉬
고싶었음끝없이일멈추지못하고유령처럼소형아파트집안둥둥
떠다님동쪽은은한햇살부드러운바람베란다일곱송이꽃하늘나
라떠나보낸옥화란서있음연초록빛더짙어졌어어딘지모르게애
처로워보이면서도홀가분해보임내가죽을때저럴거야위로하는
기쁨큼찬물한컵더마시려고부엌찬장염죽은엄마집에서가져온
금빛유리잔무라벨생수금빛유리잔가득따름금빛유리잔이벌컥
벌컥물마심무라벨생수들이킴나는미지근한생수벌컥벌컥마심
내가미쳤나봐…혼자중얼거림꿈깸급하게방빠져나오느라안경
끼지않은필애부엌서쪽향해서있음필애눈동자속방충망밖하얀
구름과푸른하늘이게필애의현재임이게필애의아름다운현실임
필애방으로돌아가휴대폰가져옴하얀구름푸른하늘찍음안경쓰
고찍은사진방충망울퉁불퉁존재함그너머하얀구름푸른하늘찍
혀있음사진속방충망염다섯마리검은새쓰레기통키큰나무옆한
마리씩앉음차례차례한마리씩떠남키큰휘파람소리허공에내던
짐필애키큰콧구멍소리빨아들임뇌공명울림늘씬하게쭉뻗은까
치흑백논리허공날며산산히부서짐날아가는사다리필애뇌속수
많은새들높은아파트건물에부딪힘아름다운공명의시어제는잔

혹함을공부하고오늘은잔인함을학습하고내일은콜드워를대물
림함

참회록 40

불 켜진 비닐하우스는 흰 계란꾸러미 같아 저 안에서 깻잎이
자란다고? 갑자기 셀럽의 깻잎머리가 생각났어 네가 여기 웬일
이니? 스님이 대략 난감해 보인다 차나 한잔하고 가게나 배고
프면 밥 먹고 잠 오면 자면 된다 왜 그러지 못하는가?

참회록 9

새벽의 별이 모두 사라졌다

그러나 사라진 건 사라진 게 아니지

저 속에 생생히 살아있다

시퍼런 눈동자로

새소리는 별을 덮는다

홀로 가는 낙엽은 기쁘다

홀로 갈 때 들리는 낙엽 소리를 낙엽은 듣는다

귀를 코트 깃처럼 세우지 않아도

고요한 허공의 묵음은

갈비뼈 뒤로 스며든다

다리를 쭉 뻗어 걸을 것

>

허리를 쭉 뻗어 걸을 것

마음을 쭉 뻗어 걸을 것

그렇게 죽음에 뻔뻔한 존엄한 인간이 되어간다

참회록 21

불안이 옥상에서 추락한다 다시 기어 올라와 또다시 추락한다 밤새 그 짓이다 그 짓을 하는 자가 송진 시분과 정신과 의사이다 새벽에는 멀쩡하게 사우나를 하고 멀쩡히 환자를 진료한다 달콤한 말로 어루고 어루다 모두 책으로 얼려 병원 냉동실 서가에 꽂아둔다 불안이 추락한다 붉은 첫 이슬이 바닥에 흥건하다

참회록 17

한 권의 시집을 읽는데 사흘이 모자란다
한 권의 개를 읽는데 십칠 년이 모자란다
한 권의 핏줄을 읽는데 평생이 모자란다

목화토금수는 나를 슬프게도 강하게도 만든다 언젠가부터 화
가 사라졌다 화가 나지 않는 나를 보고 있다 부처냐 천사냐 놀
리고 비웃는다 살아있다면 부처고 죽었다면 천사다 여기에는
비유가 없다 십자가나 비둘기나 연꽃이나 고구마나 사이다처
럼 말이다 그냥 부처고 그냥 천사다 천사란 것은 천애고아이며
부처란 것은 오장육부를 지닌 인간이다 나를 사랑하라 그러면
인간이 될 것이요 나를 버려라 그러면 부처가 될 것이다

한 권의 별을 읽는데 백 년이 걸린다
한 권의 발을 읽는데 천 년이 걸린다
한 권의 얼굴을 읽는데 일억 년이 걸린다

함부로 졸지 말 것
쌍칼이 그대의 두 눈을 후벼 팔 것이다

참회록 71

해마를 보호하기 위해 빛을 차단했다 해마가 샤워하는 소리
를 듣는다 물은 그의 음모를 타고 흘러내릴 것이다 반팔 검은
셔츠는 옷장 손잡이에 걸려있다 해골의 이빨이 홀로 반짝이는
모자는 옷걸이 밖으로 부러진 손가락처럼 돌출이다 돌격해라
무시무시한 단어를 배우지 못한 단어는 늘 냉장고 야채실 맨바
닥에서 실어증의 잠을 잔다 돌격해라 주관은 순수했고 객관성
은 결여된 인간이여 돌격해라 객관성을 깨부수어라 바보.. 말
과 행동이 같니 너는 같았어 너는 같았니? 나는.. 같으려고 노
력했어... 중도의 도끼가 혀를 내리치는 순간 음악소리가 멈추
고 물소리가 들리지 않았다 엄마, 동사무소 코로나19 위로금
받으러 몇 시에 가? 신분증 챙겨야 한대 겨울눈처럼 말쑥한 배
우 윤정희가 눈앞에서 헤어드라이기로 머리를 말린다

참회록 60
– 장 뤽 고다르

책임을 통감하는 시조새 세상 통과하는 돌 속에 자발적으로
들어갔습니다 거대한 바다의 도장이 달려와 돌을 지긋이 눌러
버리는 바람에 시조새는 세상을 통과하지 못하고 화석이 되고
말았습니다 지식인들이 뭐라 뭐라 지껄이고 그새 등대의 불도
꺼지고 귀환 중이던 수십만 척의 배들이 난리도 아니었습니다
돌 속의 코끼리가 다른 코끼리들과 함께 역사를 썼지만 역시 돌
속의 코끼리가 으뜸이었습니다 상아가 썩어 들어가니 배후의
꽃들이 아름답게 피어 상아의 말씀을 널리 알렸습니다

* 장 뤽 도다르 Jean Luc Godard (1930~2022)를 추모하며

참회록 8

　나의운을변경하기로했다월요일을화요일로화요일을수요일로
나는끊임없이갈고닦는다우뚝서있는개성의탑처럼존경합니다
송진탑이여존경합니다합류주의여존경합니다빗길주의여조경
합니다염사분사구간이여모두가도道니모두가도둑이니도둑잡아
라도둑잡아라능선은털리고시멘트는높아진다나는가족을사랑
합니다나는가족을사랑합니다나는가족의소소한웃음을기뻐합
니다잘뚝잘뚝순대처럼잘린목이달리는버스타이어밑에깔리고
뭉개집니다순대는웃습니다순대는웃어요왜?순대니까돼지우리
속에눈멀고귀먹고두팔잘린걸어다닌다거꾸로차가운시체들의
행진

참회록
— 202110051543

    은행알 두 손바닥 바닥으로 떨어지고 사람들은 이놈의 냄새 퉤— 침 뱉고 지나갑니다. 가발 전시장에서 가장 인기 있는 시크릿 가발 이 머리 저 머리 위에 바쁘지만 정작 자기 머리 위에는 없습니다. 모발이 이식되고 자라나는 시간 누가 기다려주나요 기다려줍니다. 됐습니다. 서로 믿고 이식하기로 한 시간 다가옵니다. 이식 수술대 위 강아지 신장 돼지 신장 수술 시간 꼬리 길어 밟히고 짝짝 자주 만나는 군요. 짝짝이 신장 찍찍찍 유령 의사 흰 가운 여러 겹 껴입습니다.

참회록 7

새까만 잠수함 한 대 바다 위로 떠다닌다 갑자기 잠수함이 한 쪽으로 기우뚱 침몰한다 갑자기 새까만 잠수함 한대 슝- 날아와 침묵하는 잠수함 밑으로 들어가 잠수함을 위로 번쩍 들어올린다 꿈인가 생시인가 푸줏간을 지나간다 새빨간 허벅지살이 걸려있다 치안센터를 지난다 새빨간 유방이 걸려있다 질로 토하는 말이여! 가련하구나! 세 번째의 귀여 알아들어라 알아들어라 제발 알아들어야 한다 아령처럼 역기처럼 들어 올릴 수 있는 질이 아니란다 질은 잠꼬대를 접었다 총을 차고 칼을 돌 속에 꽂았다

파란 꽃잎

어제는 도형이 얼굴을 보았습니다 상목이 휜 얼굴도 보았습니다 윤정이랑 함께 보았습니다 하늘에는 별들이 아기들 울음처럼 반짝이고 땅에는 꽃들이 사람얼굴을 하고 걸어 다녔습니다 횟집에는 독도꽃새우, 가리비조개들이 사람들과 죽음에 관한 이야기를 나누고 있었습니다 소곤소곤 나누고 있었지만 다들렸습니다 조곤조곤 나누고 있었지만 손목의 핏줄을 타고 온몸으로 번져갔습니다 누구의 몸이면 어떻겠습니까 웃으며 살아요 열심히 살아요 결국 결론은 늘 보편적 상황이지요 손가락 발가락 꼼지락 꼼지락거리는 인간이 어찌나 아름다워 보이는지요 인간의 사랑은 크리스마스트리처럼 치웠다 꺼냈다 하는건 아니더라구요

그래도 어제 집에 와서 강쥐

구름, 상큼 안고 나가 산책한 일은 참 잘한 일이다 7월의 바람이 가을바람처럼 시원하게 부는데 눈 먼 상큼이는 자꾸 내리고 싶어 짖었다 넓고 안전한 선아파트 공원 내려주니 걷는다 빨리 걷는다 상큼이가 건강해졌다 구름이는 개엄마의 고충을 개이해한다 개얌전히 개띠가방 속에서 개얼굴을 내밀고 두 손으로 개엄마 왼쪽 팔목을 꼭 껴안은 채 거리의 풍경과 지나가는 사람과 개를 본다 개가 개를 볼 때는 반응한다 다리를 세워 몸을 세워 개들을 바라본다 물가 근처의 벤치에 앉아 구름이 상큼이를 잠시 쉬게 한다 개엄마도 쉰다 물가 근처지만 물은 흐르지 않는다 오후 일곱 시 오십오 분의 가을바람은 선선하다 우리는 다 앞이 보이지 않는 존재들 좌충우돌 그 와중에도 밥을 먹고(사료를 먹고) 옷을 갈아입고(목욕을 하고) 별에게 편지를 쓰고(멍멍 짖고) 정신을 바짝 차리고(잠을 자고) 오늘은 하늘이 잿빛이다 내일 태풍이 온다고 하는데 글쎄다 개들과의 산책은

물, 새, 새벽

어제는 많이 아팠습니다. 그저께도 많이 아팠습니다. 그래도 살아남은 자의 도리를 다하려고 노력했습니다. 수능 엄마 모임의 약속을 지켰고 판소리 공부하는 아이 고민에 대한 엄마의 상담을 밤 열시가 넘도록 이어 갔습니다. 몸은 몸대로 화가 났습니다. 밤새 끙끙 앓습니다. 왜 무리를 하느냐 신호를 여러 번 보내주지 않았냐 그러면 쉬어야지 왜 미련하게 구느냐 야단을 칩니다. 몸은 몸을 알았고 나는 나를 알았습니다. 열에 들뜬 두 눈 밖으로 빠져나와 길 위를 구릅니다. 데굴데굴 데구르르르 사는 게 그렇습니다. 새벽마다 물 흘립니다. 흘려보내고 또 흘려보냅니다. 음력 9월 마지막 날입니다.

잔느의 생활 6

꽃은 괴물의 얼굴로 공기의 빛이 되려고 한다. 누군가 막아서야 하지만 전혀 눈치를 채지 못하거나 용기가 없다. 꽃조차도 자신이 아름다운 꽃이라고 믿는다. 벌레의 입은 봉쇄당하고 꽃가루는 멀리 날아가 타인의 타액이 된다. 그릇된 본부는 그릇된 본분을 다하고 그릇된 본부를 지킨다. 꽃에게 명료한 뇌를 이식당한 시체들이 장례식조차 가보지 못한 채 비웃음으로 봉쇄당한다.

4월의 백야

– 넷째 날

사람들이 밤을 낮처럼 걸어 다녀

술은 내 겨드랑이 털을 뽑아먹고 살아

우크라이나 병사들의 시신이 길게 길게 늘어서 있어

러시아 병사는 울고 있어

꽃은 내 안의 환자

미친 듯이 꽃피워

지금 아니면 안되겠다는 듯이

최선의 위로인 듯

최선의 의무인 듯

최선의 위무인 듯

어루만져 줄게

울어

더 울어

울 때마다 가랑이가 불탄다

꽃을 가까이 찍을 수 없는 까닭은 내 안의 잔인함이 되살아나

기 때문이다

위생도마

도마에는 부처의 손가락이 썰려있다

위생적이다

도마에는 예수의 발가락이 썰려있다

위생적이다

도마에는 마리아의 유방이 썰려있다

위생적이다

위생적인 사람들이 던지는 돌멩이는 위생적이다

위생적인 주사위와 위생적인 주방과 위생적인 주사기와 위생
적인 수술실과 위생적인 혈액순환기

CCTV와 환풍기 없는 부엌과 수술실은 위생적이다

팔다리 없이 서서 14862시간 일하는 나는 위생적이다

4월의 백야
– 다섯 번째 날

죽음은 내 뺨을 후리치며 나를 마주한다

단추 하나를 녹여서 난로 위의 노란 물주전자를 만들었다

팔팔 잘도 끓는다

성의를 다해 닦은 사월의 노란 난로가 있기에

정성을 다해 팬 사월의 노란 장작이 있기에

맑은 들기름이 들판에 노란 나비처럼 둥둥 떠 있기에

맑은 주검은 육체를 탐하지 않는다

언제나 얄궂은 우리 곁에 있다

잔느의 생활 8
– 밤의 검은 맥주

희멀건 유령들이 기어 나온다 스물스물 공구를 손에 들고 가벼운 유령은 가벼운 공구 무거운 유령은 무거운 공구 유령도 무게가 있다고? 누가 묻는다면 단호하게 있다라고 말한다 그동안 진실을 말했으나 아무도 믿지 않았다 그러니 좀 단호하게 말해도 괜찮다 유령의 눈동자는 아침이슬처럼 빛난다 내 정수리를 적당한 공구로 내리치기위해 달콤한 언어를 구사한다 유령이 말을 한다고? 듣도 보도 못한 소리를 한다고 베프는 나를 창밖으로 내던졌다 유령들이 안타까운 듯 발을 구른다 이 골목은 유령접목지대 저 골목은 안구교환지대 지폐만으로 살 수 없다 지폐만으로 살 수 있다 유령들은 손에 꽹과리와 삽을 들고 편이 갈린다 밤의 아우라는 깊어간다 아우는 아우를 데리고 아우를 만나러간다 철물 공구점에서 버찌의 간을 파먹는 여우의 희디흰 목덜미가 오월의 동백으로 물들어있다

참회록과 마조히즘

박대현(문학평론가)

1. 참회록과 자기 처벌

송진 시인의 사유에는 늘 죽음이 자리한다. 시인의 직전 시집이 『방금 육체를 마친 얼굴처럼』(2022)임을 기억하자. 이 시집에서도 '죽음'은 "층층이 내려다보는 세계지도"(「바다 와 소녀와 천사」)다. 시인은 자신과 세계에 내재된 죽음의 참상 을 누구보다 선명히 주시한다. 이전과 다른 시적 양상은 「참회록」 연작이다. '참회록'의 근간에 죽음 충동이 놓여 있 고 자기 처벌로서의 죽음이 전면화되어 있다. 이 시집은 '참회록'이다. 시인의 '참회록'은 다음과 같은 문장으로 시 작한다. "우글거리는 벌레 속에 알몸으로 누워있다 벌레들 은 눈으로 입으로 질로 구멍마다 가득 찼다 전생에 뭘 하 고 살았느냐고 하늘에서 번개 같은 소리가 들려왔다"(「참회 록」) 시인은 놀랍게도 「참회록」 첫 작품의 서두에 자신의 죽 음을 던져놓고 시작한다.

죽음은 자기 처벌이다. 자기 처벌로서의 죽음 충동이 이 시집을 배회한다. 프로이트에 따르면 자기처벌의 소망은 대상 상실로 인해 발생하는 우울의 주요 증상이다. 자기처벌에는 죄책감이 전제된다. 죄책감은 일반적으로 양심의 가책으로 볼 수 있으나, 자기 자신을 무가치하다고 느끼는 자기 비하까지 포함한다. 예컨대 이런 식이다. "부끄럽고부끄럽도다어리석고어리석도다이살덩이누구에게던져줄까동물원원숭이도먹지않네이정신누구에게던져줄까지나가던악장도먹지않네"(「참회록 100」) 죄책감은 쓸모없는 존재로서의 자기 비하에 깊이 연루된다. 대상 상실의 우울은 자기 비하와 더불어 자기 처벌에 대한 망상적 기대를 가지게 한다. 이때 가장 강력한 자기 처벌이 바로 죽음이다.

라깡은 프로이트의 이론에 상징적 질서의 관점을 겹쳐놓는다. 라깡에 따르면 주체를 구성하는 상징계의 붕괴로 인해 주체는 우울이라는 무력감에 빠져든다. 상징계의 붕괴는 주체가 아무것도 아니라는 무력감을 초래한다.[1]

이를테면 이런 식이다. "나는 숨길 수 없는 시간대를 지나고 있다 벌거벗겨진 채로, 인간의 존엄성은 원래 없는 것이다. 망한 것이다."(「참회록 202110060829」) 시인의 상징적 질서는 무너져버렸다. 상징계의 붕괴는 상징계의 환상을 발가벗겨버린다. "숨길 수 없는 시간대"란 실재로서의 세계를 의미하며, 그 속에서 "벌거벗겨진" 인간에게 "존엄성은 원래 없는 것"이라는 사실을 깨닫게 한다. 상징계의 붕괴 속에서 시인이라는 주체는 "망한 것이다." 주체는 상징

1 레나타 살레츨, 박광호 역, 『불안들』, 후마니타스, 2015, 51–53쪽.

계의 질서 내에서만 자기 존재의 이유를 환상의 형태로 획득할 수 있다. 상징계의 붕괴는 주체의 무의미와 자기 비하를 초래하고 자기 처벌로서의 죽음 충동을 불러들인다.

송진 시인은 반복적으로 '참회록'을 쓰고 있다. "참회기도 합니다 하루도 쉬지 않고 하루 세 번 참회기도 합니다 (『참회록 28』)"라고 진술하고 있듯이, '참회록' 연작은 이 시집에서 압도적 편수이다. 시인은 자기처벌의 죽음충동 속에서 반복적으로 '참회록'을 쓰고 있는 것이다. 그러나 시인의 참회록은 죽기 위한 것이 아니다. 시인의 참회록은 자기 처벌의 죽음 충동을 넘어선, "그래...살아보자...오늘도...제...발...살...자... 간절한 목소리가 허공을 향해 참았던 피눈물처럼 터져 나왔다"(『참회록 18』)는 진술처럼, 주체와 세계의 텅 빈 공백이 초래한 무의미와 무기력의 사태에 대한 견딤의 방식이다. 마침내 견디고 살아남아 주체와 세계의 공백을 새로운 윤리로 가득 채우고자 하는 성찰적 인내의 방식 말이다.

여기서 문제는 '참회록'을 둘러싼 시인의 태도가 다소 분열적으로 보인다는 사실이다. 이에 대한 해명이 필요하다. 자기 처벌로서의 죽음 충동과 삶을 지속하고자 하는 충동(삶의 충동)은 서로 먼 거리에 놓인 듯 보이지만 결코 그렇지 않다. 죽음 충동과 삶의 충동을 포괄하고 있는 것이 생명이기 때문이다. 죽음 충동과 삶의 충동은 모두 생명현상에서 비롯된다. 프로이트의 말을 다시 빌리자면, 죽음 충동은 유기적 생명체를 무생물 상태로 인도하는 것이지만, 생명의 출현은 삶을 지속해가는 원인이면서 동시에 죽음을

향해가는 원인을 제공한다. 생명 그 자체가 이 두 경향 사이의 갈등 및 타협이다.[2]

그렇다. 삶은 단순하지 않으며 매우 복잡하고 분열적이다. 공백을 채우고자 하는 공백의 주체 자체가 삶의 중요로운 복잡성과 분열성을 보여준다. 삶의 텅 빈 의미는 바로 거기서 가까스로 채워진다고 할 수 있는데, 송진의 시가 바로 그러한 예에 대한 강렬한 증좌다. 이 시집은 삶의 공백에 직면한 시인이 주체의 윤리를 재구성하기 위해 치열하게 써내려간 참회의 기록이다.

2. 불안의 정동과 배회하는 유령들

송진의 시에는 늘 어떤 불안이 응축된 상태로 내재 되어 있다. 불안에는 복잡한 여러 원인들이 있겠으나, 궁극적으로 인간의 신체를 잠식하는 불안은 죽음의 불안이다. 동물의 불안 또한 죽음에 근거하기는 마찬가지다. 포식자에 대한 불수의적 불안은 곧 죽음에 대한 불안이기도 하다. 비약하자면, 생명은 '불안'에서 벗어날 수 없다. 생명 자체가 '불안' 덩어리다.

왜 그런가. 자연계는 엔트로피의 법칙(열역학 제2법칙)을 따른다. 무질서도인 엔트로피가 증가한다. 우주의 모든 물질들은 엔트로피의 법칙에 따라 열역학적 평형 상태에 다다

---

2 프로이트, 윤희기 · 박찬부 역, 『정신분석학의 근본개념』, 열린책들, 2003, 382-383쪽.

르게 된다. 엔트로피의 법칙이 지배하는 자연계에서 질서도(음의 엔트로피)가 투여된 어떤 사물도 영원히 존속할 수 없다. 모든 것은 해체되어 흩어진다. 그것은 흘러가는 것이다. "모든 것은 흘러간다. 알 수 없는 방향으로"(『참회록 4』) 그러나 생명체는 독특하게도 자연계로부터 질서도(음의 엔트로피)를 흡수하여 엔트로피의 증가에 저항한다.[3]

엔트로피가 증가하는 자연계와 엔트로피의 증가에 저항하는 생명체 사이에는 엄연히 대립적 부조화에 기인하는 모종의 긴장이 존재한다. 상상해보라. 자연계를 지배하는 엔트로피의 증가라는 절대적인 법칙 속에서 가까스로 질서도를 유지하는 생명체의 불안. 자연계의 엔트로피 증가에 반하는 생명체의 엔트로피 감소 작용은 생명체 내부에 불안을 야기할 수밖에 없다.

죽음은 도래하지 않은 미정형未定形 상태로 신체 내부에 잠재된 가능성이다. 그것은 관념에 가깝다. 죽음의 가능성은 공포가 아니라 불안을 유발한다. 불안은 공포와 달리 구체적 대상을 갖지 않는다. 구체적 대상이 없으므로 불안은 전방위적이다. 그리고 불안은 구체적 표상 이미지와 무관하게 작동한다는 점에서 라깡의 말처럼 정동affect에 해당한다. 프로이트가 먼저 갈파했듯, 정동은 표상에서 분리된 본능이다. 즉, 정동은 구체적 표상 이미지를 갖지 않는다. 불안은 구체적 표상 이미지를 갖지 않으므로 정동의 형태로 신체를 지배한다. 따라서 송진의 시에서 불안은 구체적

---

3 에르빈 슈뢰딩거, 서인석 역, 『생명이란 무엇인가』, 한울, 2017, 151쪽.

이미지를 갖지 않는 유령으로 출현하기도 한다.

　　희멀건 유령들이 기어 나온다 스물스물 공구를 손에
들고 가벼운 유령은 가벼운 공구 무거운 유령은 무거운
공구 유령도 무게가 있다고? 누가 묻는다면 단호하게
있다라고 말한다 그동안 진실을 말했으나 아무도 믿지
않았다 그러니 좀 단호하게 말해도 괜찮다 유령의 눈동
자는 아침이슬처럼 빛난다 내 정수리를 적당한 공구로
내리치기 위해 달콤한 언어를 구사한다 유령이 말을 한
다고? 듣도 보도 못한 소리를 한다고 베프는 나를 창밖
으로 내던졌다 유령들이 안타까운 듯 발을 구른다 이
골목은 유령접목지대 저 골목은 안구교환지대 지폐만
으로 살 수 없다 지폐만으로 살 수 있다 유령들은 손에
꽹과리와 삽을 들고 편이 갈린다 밤의 아우라는 깊어간
다 아우는 아우를 데리고 아우를 만나러간다 철물 공구
점에서 버찌의 간을 파먹는 여우의 희디 흰 목덜미가
오월의 동백으로 물들어있다

　　　　　　　　　　　－「잔느의 생활 8 －밤의 검은 맥주 」전문

　시인의 무의식은 유령들로 가득하다. 이 시에서 유령은
곧바로 죽음으로 간주되지 않는다. 유령들은 시인 스스로
도 그 정체를 알지 못하며, 그에 따라 모종의 불안에 연루
된다. 유령처럼 떠도는 불안이 시인의 내면을 장악하고 있
을 뿐이다. 구체적 사건의 표상 이미지를 잃어버린 감정을
프로이트는 정동affect이라 부른다. 구체적 사건의 표상 이

미지를 망각할지라도 그것에 수반하는 감정은 신체 내부 깊숙이 각인된다. 시시때때로 불현듯이 구체적 사건 없이도 신체를 장악하는 감정이 정동이다. 정동은 신체와 의식의 경계를 넘나들며 작용하는 신체의 감각이며, 시인의 의식에 막대한 영향을 미치는 무의식이다. 실체를 알 수 없는 불안의 정동은 유령으로 드러나게 된다. 그 유령들은 시인의 신체에 다양한 동통疼痛을 야기한다. 가볍기도 하고 무겁기도 한 동통을 말이다. "희멀건 유령들이 기어 나온다 스물스물 공구를 손에 들고 가벼운 유령은 가벼운 공구 무거운 유령은 무거운 공구 유령도 무게가 있다고? 누가 묻는다면 단호하게 있다라고 말한다". 그렇다. 시인은 유령들과 함께 숨을 쉰다. 게다가 유령들은 가볍거나 무거운 공구를 손에 쥐고 있다. 공구는 폭력의 이미지를 동반한다. 공구의 용도는 시인의 "정수리"를 "내리치기 위한" 것이다. 시인에게 폭력을 휘두르는 건 유령만이 아니다. 유령에 대하여 "듣도 보도 못한 소리를 한다고" '베프'조차도 시인인 '나'를 "창밖으로 내던"진다. 모든 것이 유령 때문이다. 유령들로 인하여 시인의 신체는 훼손당한다.

유령은 시인에게 정동affect으로 출현한다. 유령의 존재를 거부하는 사람들 속에서 시인은 지속적으로 유령을 언어화 하고 있는 것이다. 시인은 유령들로부터 큰 환란을 겪는 상태임에도 불구하고, 그들을 온전히 받아들이려 심혈을 기울인다. 시인은 유령들이 이 세계에 출현할 수 있는 유일한 통로다. 유령들이 시인의 정수리를 공구로 내려칠수록 시인은 그들을 증언할 수밖에 없다. 시인은 유령들의 유일한 통로다. 유령들의 존재는 시인의 동통疼痛을 통해서만 감지되며, 시인은 그것을 언어로 증언해야 한다. 그러나 문제는 시인조차도 유령들을 이해할 수 없고 유령들로부터 비롯되는 동통의 감각을 시로 진술하는 것 외에는 어찌할 도리가 없다는 사실이다. 이때 시는 "몹쓸 시"(「참회록 10」)가 된다. 유령의 세계는 논리와 이성으로 포섭할 수 없는 세계다. 이성과 논리가 균열하는 감각 속에서 낯설고도 이질적인 세계가 출현한다. 낮의 명징한 언어를 초월한 곳에서 "밤의 아우라는 깊어 가"고, 시의 얼굴 역시 보다 그윽해진다. 불안의 정동은 언제든지 찾아온다. "아우는 아우를 데리고 아우를 만나러 간다"는 문장 속의 '아우'처럼 말이다. 그의 시에서 정동은 유령처럼 무한 반복된다. 그리하여 신음처럼 내뱉는 언어의 풍경 내부로 불안과 전율의 붉은 피로 점염漸染된다. "철물 공구점에서 버찌의 간을 파먹는 여우의 희디 흰 목덜미가 오월의 동백으로 물들"듯이 말이다.

3. 정동의 코드 창출로서의 언어유희

송진의 시는 '유령접목지대' 혹은 '안구교환지대'다.(「잔느의 생활8-밤의 검은 맥주」) 그의 시에서는 이미지의 구체성을 획득하고자 활보하는 유령들로 가득하다. 활보하는 유령들을 바라볼 수 있는 지대, 즉 유령을 볼 수 있는 안구를 얻을 수 있는 구역이 바로 그의 시 세계다. 유령은 언어로 기표

화 되기 힘든 형태로 그의 시를 지배한다. 그의 시는 구체
적 이미지를 획득하고자 하는 정동의 사태라 할 수 있다.
정동의 이미지 획득은 쉽게 허용되지 않는다. 소외되고 낯
선 정동일수록 더욱 그러하다. 그것은 언어의 코드화를 벗
어나 있다. 그럼에도 불구하고 시인은 정동의 언어적 외현
화에 집중하고 있으며, 시인의 정동이 기존의 언어 코드로
포섭될 수 없는 것이기에 그 어떤 언어라도 먼저 부여잡을
수밖에 없다.

　바로 이때 그것은 자주 불가피한 언어유희로 표출된다.
다시 위의 시「잔느의 생활 8」의 한 문장을 보자. "밤의 아
우라는 깊어간다 아우는 아우를 데리고 아우를 만나러 간
다". '아우라'에서 '아우'의 반복으로 이어지는 언어유희에
특별한 의미가 기입되지는 않는다. 여기서 주목해야할 것
은 언어체계 속에 침투하고자 하는 정동의 집요함이다. 코
드화된 언어를 얻지 못한 정동은 언어유희를 통해서라도
그 자신의 존재를 언어체계 속에 집요하게 새기고자 한다.
빠른 리듬의 언어유희는 기존 질서의 언어체계에 틈새를
벌리는 마희魔戱처럼 기능하면서 시인의 정동이 머물 수 있
는 언어적 형식이 된다.

　　슬픔을 무릇무릇 키워 슬픔을 무릅쓰고 슬픔이여 안
　녕 슬픔의 키가 자라고 슬픔의 키워드가 자라고 무릇무
　릇 벼 무릇무릇 보리 무릇무릇 조 무릇무릇 새 사랑스
　런 슬픔들의 조합이 무기수처럼 징역을 사네 한줌 햇살
　에 감격하며 (때로는 감격하려고 노력하며 그래야 살

아낼 수 있지 않나) 겨울나무에 감탄의 홍시를 던지며
뭉그러지고 말 육체들은 잉크의 말을 거듭 태어나게 하
고 대단하지 않아요 산다는 건 정말 개 같은 詩시라는
건 증말 증발되지도 않는 것이 종말의 끝을 달리네 징벌
된 장발장 촛대뼈 까인 은촛대 그래 그래 아직 괜찮아
토닥토닥 슬픔아 은모래 금모래 한줄기 빛처럼 가느다
란 손바닥으로 쓸고 누워 자자 누워서 잔다는 건 앉아서
잠들 수 없다는 것보다 큰 광명이지 아작이지

－「참회록 62 －202112291055」전문

 이 시에서 빠른 리듬으로 전개되는 언어유희를 확인할 수
있다. 우선 '슬픔'이 리듬 형성의 중핵을 이루고 있으며 '무
릇무릇'의 반복 또한 리듬 형성의 중요한 기능을 담당한다.
이 시에서 흥미로운 것은 '무릇무릇→무릅쓰고', '증말→증
발', '징벌된→장발장' 등에서처럼 발음의 유사성을 통한 단
어의 자동연상이다. 이러한 연쇄를 유발하는 시인의 필연
적인 심리적 기제를 우리는 알지 못한다. 시인의 심리적 심
층에 존재하는 무의식적 발화에 해당할 것이기 때문이다.
더욱 기이한 것은 '무릇무릇', '증말' 따위의 어휘는 한국어
에 존재하지 않는다는 사실이다. 정상적인 용법이라면 '무
릇무릇' 대신 '무럭무럭'이, '증말' 대신에 '정말'이 사용되어
야 한다. 하지만 위에서 보듯 시인은 언어적 질서를 비틀고
있는 것인데, 예의 두 문장을 뽑아 보겠다.

 ⓐ 슬픔을 무릇무릇 키워 슬픔을 무릅쓰고 슬픔이여 안녕
 ⓑ 대단하지 않아도 산다는 건 정말 개 같은 시詩라는 건

증말 증발되지도 않는 것이 종말의 끝을 달리네

@의 문장에서 '무릇무릇'은 어울리지 않는다. 우선은 '무릇무릇'이라는 단어 자체가 없다. '무릇'은 '대체로 헤아려 생각하건대'라는 뜻을 지닌 부사이거나 '좀 무른 듯하다'는 뜻을 지닌 형용사 '무릇하다'의 어근이다. 그러니까 @의 문장에는 '무릇무릇'이 아니라 그나마 '무럭무럭'이 오는 것이 적절하다. ⓑ의 문장에 출현한 '증말' 역시 마찬가지다. '증말'은 '정말'의 방언(강원, 경기, 충청)이지만, 시인이 방언의 효과를 의식하고 쓴 것으로 보이지 않는다. '증말' 대신 '정말'이 쓰이는 것이 맞다. 그러나 시인은 '무럭무럭'과 '정말' 대신에 '무릇무릇'과 '증말'을 쓰고 있다. 그리고 '무릇무릇'과 '증말' 뒤에는 각각 '무릅쓰고'와 '증발되지도 않는 것'이 자리한다. 이미 눈치 챘겠지만, 여기서 모음 배열 체계의 유사성이 발생한다. @의 '무릇무릇'의 '무릇'과 '무릅쓰고'의 '무릅'은 'ㅜ ㅡ'라는 동일한 모음 배열 체계를 지닌다. ⓑ에서도 마찬가지인데 '증말'과 '증발'에서 'ㅡ ㅏ'라는 동일한 모음 배열 체계를 확인할 수 있다. 모음 배열 체계를 맞추기 위한 언어유희인 셈이다.

프로이트에 따르면 이런 형태의 언어유희는 '대치Ersetzung'에 해당한다.[4] 모음의 대치를 통해 동일한 모음 배열 체계의 효과를 노리는 언어유희다. 이러한 언어유희에는 복잡한 심리적 요인이 존재하므로, 이에 대한 분석을 여기

---

4 프로이트, 이한우 역, 『일상생활의 정신병리학』, 열린책들, 2006, 77쪽.

서 시도할 수는 없다. 다만 그 기능과 효과를 살펴볼 뿐이다. 여기서 중요한 것은 이 시의 '무릇무릇'과 '증말'은 각각 '무럭무럭'과 '정말'이라는 어휘를 훼손하고 변형하는 과정에서 출현한 어휘라는 사실이다. '무럭무럭'과 '정말'이라는 정상적인 철자 형태의 이탈이 이 시가 함축하고 있는 주체의 상태를 암시한다. 기존의 언어적 코드로는 담아낼 수 없는 정동이 이 시의 이면에 도사리고 있는 것이다.

이 시의 지배적 언어는 '슬픔'이다. 그렇다면 '슬픔'을 표현해야 하는데, 기존의 언어적 관습으로는 표현할 수 없다는 사실을 시인은 이미 깨닫고 있으며, 따라서 일부 시어를 비틀고 훼손하고 있는 것이다. 요컨대 '무릇무릇'과 '증말' 따위의 변형되고 훼손된 언어의 출현이 기존의 언어 질서를 비틀고 훼손한 결과라는 사실이다. '무릇무릇'은 '무릅쓰고'와의 관계에서 '증말'은 '증발'과의 관계에서 상호 영향을 주고받으면서 '무럭무럭'과 '정말'이라는 기존의 언어 코드를 훼손하고 파괴한다. 따라서 이 시는 기존 언어 코드에 대해 비틂과 파괴의 힘을 응축하고 있다는 사실을 알 수 있다.

이처럼 이 시를 지배하는 언어유희는 음운 배열의 유사성에 기초하고 있지만 그 시작은 어휘의 음운에 대한 의도적인 변형에서 비롯된다. 의도적인 음운 변형은 어휘의 음운 체계에 대한 교란 행위다. 또한 기존의 언어 코드에 대한 거부이자 도발로서의 의미를 지닌다. 이 거부와 도발, 그리고 교란 행위는 시인의 '정동'적 '슬픔'을 드러내는 시적 발화 과정에서 발생한다. 시인의 '정동'적 슬픔은 기존의 언어 코드로는 차마 담아낼 수 없는 변위를 지닌다. 즉 기존의 언어적 코드 속에 시인이 감각하는 슬픔의 변위가 들어설 자리가 없다는 뜻이다. 그렇다면 시인의 슬픔은 억압되거나 다른 길을 모색해야 한다. 시인이 선택한 다른 길은 어휘의 음운들을 교체함으로써 기존의 언어적 코드를 변형시키는 것이다. 시인의 슬픔은 언어의 숲에 진입하면서 나뭇가지들을 꺾고 부러뜨리고 있으며 그 과정에서 기이한 언어유희의 시적 풍경을 남기고 있다.

4. 마조히즘과 죽음 충동

주목해야 할 것은 송진 시인의 언어유희가 마조히즘과 무관하지 않다는 사실이다. 마조히즘은 처벌을 받는 과정에서 처벌의 최종심급인 법을 비웃는다. 마조히즘의 정치성은 처벌받는 과정에서 법의 세밀한 얼굴 표정을 까발리는 데 있다. 처벌 과정에서 법의 야만성과 불합리성이 폭로되고 마는 것이다. 바로 이때 마조히즘은 유머를 내포하게 되고 법은 비웃음의 대상이 되고 만다. 들뢰즈에 따르면, 이것이 마조히즘에 의한 '유머의 하강운동'[5]이다. 법은 마조히즘에 의해 저 높은 권좌에서 바닥으로 우스꽝스럽게 추락한다. 예컨대 이런 식이다. "비구름 섞인 밤하늘을 보면 가끔 별로인 별이 보인다/ 존중되지는 존중돼지라고

---

5 질 들뢰즈, 이강훈 역, 『매저키즘』, 인간사랑, 1996, 99쪽.

읽히기도 한다/ 존중되어지는 별은 살아있다는 호흡에 대한 매질이며 학대의 방식이며 암흑의 찐팬이며 스매싱으로 이어지는 아동학습학대다"(「참회록 49—별로 보려고 노력할 때 별은 보인다」) 가학적 별의 추락이 우스꽝스럽게 묘사된다. "가끔 별로인 별", "존중되지는 존중돼지"와 같은 언어유희는 디폴트값이다.

송진 시인의 언어유희는 단순하지 않다. 언어유희의 기저에 마조히즘이 도사리고 있다. 아닌 게 아니라 송진의 시는 메스로 스스로의 얼굴을 긋는 느낌을 준다. 자주, 아니, 거의 그렇다. 메스로 얼굴을 그었음에도 아직 피가 나지 않은, 아니 이제야 막 핏방울이 맺히기 시작하는 맨 속살의 느낌. "메스로 내 얼굴을 내가 긋습니다 피 한 방울 없습니다"(「참회록」) 송진의 시는 마조히즘의 정신성이 농후하다. "창을 들고 절벽 끝으로 달려갑니다 사방은 투명 방탄거울 던진 창은 나에게로 돌아와 뒤통수 깊숙이 꽂힙니다"(「참회록 33」) 이런 종류의 자학과 죽음 충동은 이 시집의 주종을 이룬다.

죽음 충동의 정신성은 가장 강력한 형태의 마조히즘이다. 인간은 누구나 죽음 충동을 지닌다. 죽음 충동은 외부 대상을 향하거나 스스로를 공격한다. 마조히즘은 스스로를 공격하는 죽음 충동과 밀접한 관련을 지닌다. 프로이트에 따르면 마조히즘은 죽음 충동의 주요 부분이 외부 대상으로 투사된 뒤(사디즘을 초래한 이후) 남은 죽음 충동의 잔여물로 인해 발생한다. 이것이 1차적 마조히즘이다. 그리고 외부 대상으로 투사된 죽음 충동이 외부에서 내부로 다시 돌아와 내투사됨으로써 발생한다. 이것이 2차적 마조히즘이다.[6] 예컨대, 아래의 시를 보라.

> 나는그를죽였다나는그를죽였는데죽은그의아기가몸
> 안에잉태되었다나는내몸안에들어가아기를죽였다나
> 는내몸안에들어가아기를죽였는데죽은아기가죽은나
> 를잉태했다나는내안의창자를꺼내죽은아기에게먹인
> 다죽은아기는이가자란다순식간에창자를먹어치운다
>
> —「참회록 77」부분

시적 주체 '나'의 죽음 충동은 '그'라는 외부 대상을 향한다. 그런데 "죽은그의아기"가 "몸안에잉태"된다. "죽은그의아기"가 죽은 그가 아기로 변해버렸다는 것인지 혹은 죽은 그에게 아기가 있었다는 것인지 알 수 없다. 그러나 "죽은그의아기"가 '나'의 "몸안에잉태"되었다는 사실은 외부 대상으로 투사된 죽음 충동이 '나' 자신의 내부로 내투사되었다는 사실을 암시한다. 그리고 그 이후의 상황은? '나'는 "내몸안에들어가아기를죽"이고 "죽은아기가죽은나를잉태"한다. 이 복잡한 상황에 대한 보다 세밀한 분석은 의미가 없다. 시적 주체인 '나'가 이미 죽음 충동과 한몸이 되었다는 점이 명확하기 때문이다. '그'라는 외부 대상을 향한 죽음 충동과 '나' 자신을 향한 죽음 충동이 서로 구분되지 않는 교착 상태에 빠져있는 것이다. 이 상황에서 시적

---

6 프로이트, 윤희기 · 박찬부 역, 『정신분석학의 근본 개념』, 열린책들, 2003, 424쪽.

주체인 '나'의 죽음 충동은 나 자신을 껴안고 있는 상태라고 할 수 있는데, 애초부터 '그'는 '나' 자신이었다는 생각밖에 들지 않는다. '그'를 향한 죽음 충동이 좌절의 형태로 스스로를 공격하고 있으며, 이로써 '나'의 죽음 충동이 마조히즘의 형태를 취하게 되는 것이다.

송진의 시에서 발견할 수 있는 죽음 충동의 마조히즘은 두 가지 방향성을 지닌다. 첫째, 마조히즘의 반란성이다. 마조히즘의 진정한 쾌락은 처벌이나 고통에 있지 않고 그것으로 인해 가능해진 해방과 자유에 있다. 법에 대한 복종의 형식을 수행한 후 비로소 법으로부터 심리적 해방과 자유를 획득하게 된다. 처벌과 고통을 받았으므로 법을 어길 수 있는 권리가 주어진 것이다. 들뢰즈가 말했듯 마조히즘은 복종 속에 반란을 감춘다.[7] 둘째, 열반 원칙의 추구다. 죽음 충동은 근원적으로 열반 원칙의 추구라고 할 수 있다. 죽음 충동의 목표는 삶의 불안정성을 무생물 상태의 안정성으로 유도하는 것이기 때문이다. 인간은 자극에서 비롯되는 내적 긴장을 줄이거나 일정한 상태로 유지하고자 하는 정신적 경향이 지배적이다. 열반 원칙은 쾌락원칙으로 수렴된다. 다시 말해 죽음 충동은 생명이 무생물의 안정성으로 되돌아가고자 하는 근본적인 충동으로서 쾌락원칙과 상충되지 않는다. 이것이 프로이트의 「쾌락원칙을 넘어서」의 핵심 요지다. 아래 시를 보자.

---

7 질 들뢰즈, 앞의 책, 100쪽.

새벽 2시 지구의 자전을 보고 있다 별들이 움직이고
있다 중력이 나를 흡입해버린 시월 나는 두렵지 않다
몹쓸 시詩를 쓰는 행복으로 나를 살리는 중이다 몹쓸
시 몹쓸 시 못 쓸 시여 그러나 쓴다 자나 깨나 죽은 줄
도 모르고 쓴다 시체가 된 시인이여 짓밟힌 시인이여
그러나 괜찮다 시인은 짓밟히라고 있는 것이다 짓밟히
고 일어서라고 존재하는 것이다 시체는 절굿공이에 짓
이겨 썩은 살이 사방으로 튄다 쥐들이 모여든다 고향으
로 데려가 줄게 달콤한 국자를 내민다 손목의 질긴 힘
줄이 국자를 덥석 붙잡는다 애절한 시월의 꽃이, 난류
의 흐름에 뜯겨나간 시체의 꽃이 피고 핀다

　　　　　　　　　　　　　　　　　　- 「참회록 10」 전문

　송진 시인은 선언한다. "시체가 된 시인이여 짓밟힌 시
인이여 그러나 괜찮다 시인은 짓밟히라고 있는 것이다 짓
밟히고 일어서라고 있는 것이다". 시체는 무능력하다. 짓
밟히고 짓밟혀서 아무것도 할 수없는 존재로서의 '시인'은
스스로를 시체로 규정한다. 시체가 아닌 '시인'은 '가짜'다.
그러나 시체의 무능력은 혁명의 발화점이기도 하다. 죽음
은 다른 신체로 변화하려는 노력이다.(스피노자) 주체의 변혁
은 세계의 혁명을 이끈다. 주체 변혁의 극한값인 시체야말
로 모든 혁명의 근간이다. 송진의 다른 문장을 보라. "속
지 마오 시인에게 속지 마오 시인은 가짜요 고로 나도 가
짜요 면허증도 가짜 여권도 가짜요 진짜는 고름이요 진득
진득한 썩은 정신과 육신의 분비물만이 진짜요 오직 그것

만이 진짜요"(「나의 독자들에게」) 시인에게 '진짜'는 '고름'과 같은 육신의 분비물이다. 분비물의 극단은 시즙屍汁이다. 그것만이 '진짜'다. 시체가 될 때라야 진정한 시인이 된다. 시체가 될 만큼 짓밟힌 시인은 "그러나 괜찮다"라고 말한다. '시인'은 스스로를 짓밟히고 일어서기 위한 존재로 인식한다. 바야흐로 시인의 마조히즘은 반란을 향해 있다. "절굿공이에 짓이겨 썩은 살이 사방으로 튀"는 마조히즘의 세밀한 이미지는 피억압의 신체에 가하는 가학적인 법의 야만성을 폭로함으로써 그 권능의 상실을 유도한다. 마조히즘의 신체(혹은 시체) 이미지로 가득한 시는 "몹쓸 시"이면서 "못쓸 시"다. 그러나 시인은 짓밟히는 신체 이미지를 폭로하는 "몹쓸 시"를 통해서 스스로를 "살리는 중"이다. 시인을 죽음의 '중력'으로 흡입하는 것만 같은 시월의 새벽 2시, 시인의 정신 속에서는 "시체의 꽃이 피고 핀다." 이 꽃은 마조히즘의 미학뿐만 아니라 반란의 시학을 강렬하게 함축한다.

5. 물 이미지와 소멸의식의 반복 강박

송진의 시 세계는 마조히즘을 떠받치는 죽음 충동으로부터 시적 생명을 얻는다. 그의 시에 자주 출현하는 분비물이 물소리로 전이되는 것은 바로 이 때문이다. "피가 흐르고 흘러 죽은 동생"(「혼령들」), "시카코 피자 달콤쓸쓸 담즙 흘러내리네네네네"(「참회록 56─시카코 피자」), "온몸에 뼈다귀조차 없이 흘러다니는 밤의 검은 이슬"(「나의 독자들에게」)과 같은 이미지는 신체의 분비물이거나 그것을 연상시키는 이미지다. 하지만 분비물의 이미지는 송진의 시에서 물의 이미지로 전이된다. "물을- 흘린다- 줄줄- 물을- 흘린다-"(「참회록 85」), "새벽 세시 물소리를 듣는다 맑은 물소리를 듣는다 꿈에서 인이는 엉엉 울고 나는 서러운 물소리를 듣는다"(「물소리」), "새벽마다 물 흘립니다. 흘려보내고 또 흘려보냅니다. 음력 9월 마지막 날입니다."(「물, 새, 새벽」), "잘 모르는 탱크로리 하나 온통 물결 온통 물결 온통 물비늘 온통 물비린내 오전 내내"(「참회록 52」), "흰 운동화가 피로 물들어가고 있어요 이상한 일이에요 수도꼭지를 틀면 맑은 물이 흘러내려요"(「이가시다시이가시 72」) 등과 같은 물의 이미지는 그 근저에 분비물의 이미지를 두고 있다. 이 물소리들은 신체의 죽음을 환기시키는 소멸과 죽음의 이미지들에 긴밀히 연결된다.

물 이미지의 되풀이되는 진술은 반복 강박이다. 반복 강박은 죽음 충동에서 비롯된다. 사실 가장 강렬한 반복 강박은 죽음 충동이다. 분비물의 흐름에서 물의 흐름으로 전이되는 과정에서 정화淨化의 이미지를 획득할지라도 그 과정에서 여전히 작동하는 것은 죽음 충동이다. 분비물의 최고 형태는 시즙이다. 분비물의 흐름은 신체의 죽음을 암시한다. 그의 시에서 '흐름'의 이미지는 죽음과 연관된다. 이번 시집에서도 그의 몸과 마음은 속절없이 흘러내린다. 유독 '흐름'의 이미지가 반복되는 것이다. '흐름'의 가변성과 유동성은 그 끝을 알 수 없는 삶에 대한 시인의 불안정한

내면을 암시하는 동시에, 어디론가 흘러가서 결국 사라지
고 말 소멸의 불안한 감성을 드러낼 수밖에 없다.

　　　물을- 흘린다-줄줄-물을- 흘린다-

　　　안녕-악령이여- 잘 가요- 안녕- 천사여 -잘 가요-
　　　대지는 -늘 -평온하였나니- 마음이- 지나간- 하늘
　　　은- 맑기만- 합니다-

　　　인간의- 인간의- 인간은- 늘- 염주처럼- 이어져
　　　있어요- 생물의- 무생물의- 생물은- 늘- 보리수처
　　　럼- 이어져- 있어요

　　　물을- 흘린다- 줄줄- 물을- 흘린다-

　　　또- 와요- 예- 또- 올 게요- 다정한- 목소리- 목
　　　덜미를- 적셔요-

　　　인간의- 손가락은- 왜- 이다지도- 아름다운지요-

　　　남극의- 빙하는- 왜- 이다지도- 슬픈지요

　　　흘러내려요-

　　　흘러내려요-

〉

흘러내려요-

루나리아와 차분히-

-「참회록 85」 전문

　루나리아 꽃잎과 시즙屍汁의 대비는 뭐랄까, 참혹한 아름다움이랄까. 무엇이 물을 흘리는가. 모든 생명체는 물을 머금고 흘린다. 물은 생명과 죽음을 모두 상징하지만, '줄줄 물을 흘린다'라는 하강 이미지는 죽음에 보다 육박한다. 죽음은 생명의 물을 소진하는 과정이다. 생명의 물을 더 이상 담아낼 수 없는 생명체는 결국 물을 소진하거나 방출하게 되고 그 끝은 곧 죽음이다. 죽음은 유물론적이다. 죽음 이후에는 '천사'도 '악령'도 없다. "안녕-악령이여- 잘 가요- 안녕- 천사여 -잘 가요-" 천사와 악령조차 인간이라는 생명체에서 비롯된 현상이다. 인간 생명이 만들어낸 환상이며 선물이다. "인간의- 인간의- 인간은- 늘- 염주처럼- 이어져 있어요-". 이 문장은 매력적이다. "인간의- 인간의-"와 같은 관형격 조사의 반복된 사용은 인간이란 종種 자체에 내재된 연기법緣起法을 환기한다. 연기법의 인간은 "늘- 염주처럼- 이어져 있"다. 그리고 그다음 문장. "생물의- 무생물의- 생물은- 늘- 보리수처럼- 이어져- 있어요". "생물의- 무생물의"에서 보이는 관형격 조사 역시 '생물→무생물→생물'로 이어지는 연기법을 암시한다. 생명의 끝은 생명체를 구성하는 물질의 해체다. 그리고 이 물질들은 다시 생명체로 뭉친다. 뭉침과 흩어짐이야말로 생명을 포함한 자연의 섭리이고 연기법의 실체다.

연기법은 생물과 무생물의 경계를 넘어선다. 그것은 무생명과 생명을 구분하지 않고 망라한다. 뭉침과 흩어짐의 과정에 놓인 주체는 그 전체 과정(우주적 지속)의 일부에 지나지 않는다. 이것이 '보리수' 아래의 깨달음이며, 베르그손의 용어로는 지속duree으로 진술될 수 있다. 생명과 무생명은 이원론적으로 구분되는 것이 아니라 원소들의 움직임에 따른 순환 과정으로서 '지속'을 이룬다. 물질을 이루는 원소의 관점에서 생명과 무생명의 경계는 없다. 인간뿐만 아니라 모든 생명과 무생명은 물질이 흘러가는 과정에 지나지 않는다. 무질서한 원소들이 떠돌다 어느 순간 복잡한 질서를 이룬 생명체로 변했다가 다시 무질서하게 해체되는 것이 생명과 무생명을 잇는 '지속'이다. 스피노자의 말대로 모든 지속은 '존재의 무규정적인 연속'이다. 존재의 본질은 어디에도 규정되어 있지 않으며 유일한 본질이라면 흐르고 흐른다는 사실이다. 이 사실을 이해한다면 '나'라는 존재는 물질적 흐름의 과정 그 자체에 지나지 않으며 바로 이때 죽음을 개체의 소멸이 아니라 물질의 변화와 흐름으로 기꺼이 수용할 수 있다. 이로써 인간의 주체는 확장된다. 생명의 주체에서 무생명을 포괄하는 주체로까지.

그러나 애석하게도 이러한 주체의 확장은 아직까지는 관념에 지나지 않는 것이다. 인간 주체의 실상은 지금의 '신체'에 감금되어 있는 '중'이다. 죽음의 위기 속에서 인간은 발버둥치고 수십 년 후의 죽음에 대해서도 두려워한다. 인간은 자주 자신의 소멸에 대한 불안을 느낀다. 소멸 이후에 다른 무엇으로 생성될지라도 그때의 존재는 지금의 '나'와는 다른 것이다. 인간 존재의 자기동일성은 지금의 '신체'에 감금되어 있다. 인간 존재는 자연의 물질적 일부로서 생성과 소멸의 과정을 무한히 거쳐 왔음에도 불구하고 자기동일성의 신체에 감금된 '나'는 소멸을 슬픈 것으로 인식한다. 개체의 사라짐은 슬프다. 주체의 무한한 확장은 요원하다. 아니, 주체의 무한한 확장은 소멸의 슬픔 속에 익사한다. 따라서 시인은 "인간의− 손가락"이 "아름다"운 만큼 그 소멸이 슬프고, "남극의− 빙하"가 아름다운 만큼 그 소멸이 "슬프"다고 말한다.

6. 참회록과 열반 원칙

이 시집은 참회록이다. 시인의 반복되는 참회는 죽음 충동과 긴밀히 연결되어 있다. 프로이트가 일찍이 간파했듯이 반복 강박이 자기 파괴적인 성향을 지닐 때 그것은 죽음 충동이 된다. 그러니까 이 시집은 참회록의 형식으로 이루어진 죽음 충동의 기록이다. 그리고 송진의 시에서 죽음 충동은 놀랍게도 열반 원칙으로 나아가는 사실을 주목하지 않을 수 없다. 시인은 마침내 흐름의 물결에 몸을 맡김으로써 열반의 경지에 가닿는 순간을 신화적 이미지로 아름답게 구현하는 데까지 나아간다.

아름다운 소녀가 물가에 살고 있었어요
종이로 만든 금빛 종을 손에 들고 있었어요

물에 젖으면 더 맑은 목소리로 노래하는 신비로운 금빛
종이었어요

사람들은 물가에 모여들고 또 모여 들었어요
신비로운 금빛 종의 노랫소리를 듣고 싶어 했어요

금빛 종은 온 몸이 다 젖어 더 이상 젖을 곳이 없을 때까
지 노래했어요

저녁이 되어도 사람들은 집으로 돌아가지 않았어요
새벽이 되어도 사람들은 우물가로 돌아가지 않았어요

꽃들이 피고 지고
목장의 소들이 목이 말라 쓰러졌어요

닭들은 닭장을 뛰쳐나갔고 돼지들은 우리 안에서 우왕좌
왕 했어요

굴뚝은 차갑게 식었고 아기들은 굶어 죽어 갔어요

젖은 금빛 종을 들고 있던 아름다운 소녀는 형체도 없이
사라졌어요

〉

물가에 개구리 알들이 쌓여갔어요
물가를 지나가던 당나귀가 뒤돌아보았어요

순한 바람이 불고

버드나무 잎 하나가 물 위로 떨어졌어요

아름다운 바이올린 소리가 큰유리새처럼 울려 퍼졌어요

아름다운 새벽의 물가에 앉아있는 듯
마음의 정화가 끝난 듯
오른쪽 손등이 윗입술과 인중 위에 부드럽게 닿아있어요

　　　　　　　　　　　　　　　　　　－「물가에 앉아」 전문

　시의 제목이 '물가에 앉아'이다. 물가에 앉아 강물을 바라보며 떠오르는 생각은 세상에 변하지 않는 것은 없다는 사실이다. 기원전 철학자 헤라클레이토스가 똑같은 강물에 두 번 들어갈 수는 없다고 했듯이, 물은 이 세계에 변하지 않는 것은 없다는 슬프면서도 심오한 진리를 통찰케 한다. 그러나 추상적 사유의 진리는 살의 구체성을 지닌 인간에게 때로 비극적 사태로 다가온다. 불변의 존재가 아닌 이상, 인간은 필멸의 존재다. 세계와 자연의 섭리가 인간이라는 살의 구체성에 닿는 순간 "죽음은 내 뺨을 후려치며 나를 마주한다"(「4월의 백야-다섯 번째 날」)는 통증의 감각으로 변모한다. 송진의 시는 자주 죽음의 감각으로 점철되어 있으나, 위 인용시와 같은 아름다운 사유의 한 자락을 인상적으로 펼쳐놓는다.

인용시는 그리스 신화의 세이렌을 환기시킨다. 세이렌의 노랫소리는 오디세우스를 죽음의 세계로 유혹한다. 오디세우스는 죽음을 거부하는 동시에 그 매혹적인 죽음의 노랫소리를 듣고 싶어 한다. 결국 오디세우스는 돛대에 자신의 몸을 묶고 세이렌의 노래를 듣는다. 죽음의 노래라는 마법에 휩쓸리지 않으면서도 그것을 즐기는 방식이 바로 예술이라고 말했던 이들은 아도르노와 호르크하이머다. 이 시는 세이렌의 이미지를 차용하면서도 다른 차원으로 변주한다. "물가에 살고 있"는 "아름다운 소녀"는 "종이로 만든 금빛 종을 손에 들고 있"다. 이 종은 "물에 젖으면 더 맑은 목소리로 노래하는 신비로운 금빛 종"이다. "금빛 종의 노랫소리를 듣"기 위해 "사람들은 물가에 모여들고 또 모여 들"어 집으로 돌아갈 생각을 하지 않는다. 금빛 종의 노랫소리 속에서 마을은 절멸 상태로 접어들고 만다. 시인은 그 절멸의 과정을 매우 간명하게 진술한다. 오랜 세월 "꽃들이 피고 지"는 사이에 "목장의 소들"과 "닭장"의 "닭들"과 "우리 안"의 "돼지들"이 죽고 마을의 "굴뚝이 차갑고 식"고 "아기들"이 "굶어 죽어 갔"다는 것으로. 그리하여 마을은 사라지고 이 모든 사태의 원인이었던 "젖은 금빛 종을 들고 있던 아름다운 소녀"조차 "형체 없이 사라"지는 것으로.

마을 사람들과 가축들이 모두 사라진 후에 그곳의 물가

에는 "개구리 알들이 쌓여가"고, "물가를 지나가던 당나귀가 뒤돌아" 본다. "순한 바람이 불고// 버드나무 잎 하나가 물 위로 떨어"진다. 그리고 다시 "아름다운 바이올린 소리가 큰유리새처럼 울려 퍼지"는데, "아름다운 새벽의 물가에 앉아있는 듯/ 마음의 정화가 끝난 듯/ 오른쪽 손등이 윗입술과 인중 위에 부드럽게 있"게 된다. 마치 '쉿!' 하고 속삭이듯이 말이다. 여기서 '쉿!'이라는 제스처는 인간 절멸의 사태에 대해 이 세계가 행하는 여유롭고도 부드러운 완료 선언이 아닌가. 이 시에서 '아름다운 소녀'는 이 세계가 우리에게 보낸 세이렌이다. '아름다운 소녀'는 "물에 젖으면 더 맑은 목소리로 노래하는 신비로운 금빛 종"을 들고 인간을 절멸시키는 파괴적 메시아로서의 세이렌이다. 그러나 '아름다운 소녀'의 금빛 종의 노랫소리는 비극적이면서도 얼마나 감미로운 것인가. 소녀의 금빛 종이 초래하는 절멸은 이 시에서 "순한 바람이 불"듯 얼마나 아늑하고 평온한 것인가. "마음의 정화"를 다 이루었다는 듯, '쉿!'하는 제스처와 함께 말이다.

이 시는 절멸의 과정을 신화적 이미지로 그려낸다. 절멸의 무질서야말로 가장 자연스러운 것임을 보여준다. 시인은 직관적으로 이미 알고 있다. 절멸로 인한 무질서야말로 거역할 수 없는 이 세계의 존재론적 법칙임을. 생명의 본질 역시 절멸로부터 나온다. 무질서를 향해 가고 있는 세계의 절멸에 대한 일시적 역행이 바로 생명이기 때문이다. 세계가 절멸을 향해 가고 있다는 말은 열역학적 평형상태, 즉 최대 엔트로피 상태를 향해 나아간다는 의미다. 이와 달리 생명은 슈뢰딩거가 말했듯이 절멸을 향해가는 이 세계로부터 '음의 엔트로피'라는 질서를 획득함으로써 유지된다. 생명은 자연 속에서 질서도(음의 엔트로피)가 높은 물질로부터 에너지를 흡수함으로써 생명 내부의 질서도를 유지한다. 그러나 생명 역시도 결국 열역학적 평형상태인 최대 엔트로피를 향해 흘러갈 수밖에 없다. 죽음과 해체는 필연적이다. '물가에 앉아' "금빛 종을 손에" 든 "아름다운 소녀"가 바라보는 '물의 흐름'처럼 말이다. 모든 것은 열역학적 평형 상태를 향해 흘러간다. 열역학적 평형 상태는 "마음의 정화"에 다름 아니다. 사람들도 사라지고 '아름다운 소녀'도 사라진다. 그렇다면 이 시를 노래하는 시인이야말로 '아름다운 소녀'가 아닌가. "마음의 정화가 끝난" '아름다운 소녀'.

이 시집은 참회록이다. 이 시집은 끝내 자연계의 엔트로피 법칙에 합류하는 것으로 끝난다. 이는 매우 역설적이다. 소멸과 죽음에 대한 불안을 소멸과 죽음으로 해소한다는 것. '금빛 종'을 든 '소녀'가 모든 것을 소멸시킴으로써 이 세계에는 열역학적 평형 상태가 유지된다. 그곳에는 더 이상의 무기력과 불안과 파괴가 존재하지 않는다. 세이렌처럼 신화적인 소녀는 물의 흐름을 따라 엔트로피의 최대치에 근접함으로써 주체와 세계의 불안을 해소하고 있는 것이다. 시인의 참회는 자기 자신의 무가치함, 즉 자아의 빈곤에서 비롯되었다. 세계의 상징적 질서가 무너져 내림으로써 시인은 스스로를 자학하고 죽음충동의 막다른 곳까지 탐사함으로써 마침내 모든 것이 소멸된 이 세계의 풍경에 직면하였다. 그러나 이 시집의 정신성이 마조히즘이라는 사실을 잊지 말자. 자기 처벌로서의 죽음과 소멸의 끝에서 새로운 세계의 풍경이 펼쳐진다. 그것은 반란이다. 반란으로서의 세계가 아름답게 재창조되는 것이다. 송진 시인의 마조히즘은 궁극적으로 아래의 시처럼 아무렇지도 않으나 눈물겨운 풍경에 닿아 있다. 시인의 참회록 이후 생성될 새로운 세계를 기대하지 않을 수 없는 것은 바로 이 때문이다.

> 나뭇가지가 쑥쑥 자라더니 새들을 낳았습니다 가지 가지마다 새들이 자랐습니다 노랗게도 자라고 빨갛게 도 자랐습니다 부리도 눈알도 없는 새들이 잘도 지저겁니다 잘도 마른 열매를 쪼아 먹습니다 인간이 새의 손을 잡고 지나갑니다 새가 강아지를 안고 지나갑니다 구름은 떡꾹떡꾹떡떡국 지저겁니다 둘이 싸웠어? 새들은 메추리알을 없는 부리로 굴렸습니다 고생 끝에 낙이 온다고 정말 고생 끝에 낙이 왔습니다 생 나뭇가지가 끊임없이 새를 토하고 있습니다

> – 「참회록 82」 전문